雨花忠魂
雨花英烈系列纪实文学

丹心如虹

谭寿林烈士传

刘仁前 著

江苏凤凰文艺出版社
JIANGSU PHOENIX LITERATURE AND ART PUBLISHING, LTD

图书在版编目（CIP）数据

丹心如虹：谭寿林烈士传 / 刘仁前著. — 南京：江苏凤凰文艺出版社，2017.9（2023.5重印）
（雨花忠魂. 雨花英烈系列纪实文学）
ISBN 978-7-5594-0971-3

Ⅰ. ①丹… Ⅱ. ①刘… Ⅲ. ①纪实文学 – 中国 – 当代 Ⅳ. ① I25

中国版本图书馆 CIP 数据核字 (2016) 第 184518 号

丹心如虹：谭寿林烈士传

刘仁前 著

出 版 人	张在健
责任编辑	黄孝阳　聂　斌
封面设计	马海云
责任印制	刘　巍
出版发行	江苏凤凰文艺出版社
	南京市中央路 165 号，邮编：210009
网　　址	http://www.jswenyi.com
印　　刷	阳谷毕升印务有限公司
开　　本	880 毫米 ×1230 毫米　1/32
印　　张	6.5
字　　数	170 千字
版　　次	2017 年 9 月第 1 版
印　　次	2023 年 5 月第 4 次印刷
书　　号	ISBN 978-7-5594-0971-3
定　　价	28.00 元

“雨花忠魂·雨花英烈系列纪实文学”丛书编委会名单

信念之光　民族脊梁

中共江苏省委书记　李　强

南京雨花台，是一处历史名迹，更是一个革命圣地。它风光秀丽，历代文人墨客在此留下吟哦诗篇；它壮怀激烈，众多先贤志士在此演绎壮丽人生；它记忆殷红，无数革命先烈、共产党人在此献出宝贵生命。近现代以来，在雨花台英勇就义的革命烈士中留下姓名的就有1519名，他们的事迹展示了中国共产党人的崇高理想信念、高尚道德情操、为民牺牲的大无畏精神。

习近平总书记在中国文联十大、中国作协九大开幕式上指出："祖国是人民最坚实的依靠，英雄是民族最闪亮的坐标。歌唱祖国、礼赞英雄从来都是文艺创作的永恒主题，也是最动人的篇章。"江苏省委宣传部、省作家协会组织编写的"雨花忠魂·雨花英烈系列纪实文学"丛书，以真实的人物故事，生动诠释了雨花英烈信仰至上、慨然担当、舍身为民、矢志兴邦的革命精神和英雄壮举。恽代英、邓中夏、何宝珍、施滉、徐楚光、陈原道等，这一个个英烈，是不灭的火种、不朽的丰碑，闪耀着革命信念的光芒，挺起了民族不屈的脊梁。“雨花忠魂”丛书，是深沉的革命历史见证，是深厚的红色文化传承，是深刻的思想教育启迪，展现了江苏作家对革命历史的正确认识，对雨花英烈的景仰之情，对弘扬社会主义核心价值观的自觉追求。

现在，江苏发展已经站在新的起点。全省上下正在深入学习贯彻习近平总书记系列重要讲话精神和治国理政新理念新思想新战略，按照省第十三次党代会提出的战略部署，积极投身“聚力创新、聚焦富民、高水平全面建成小康社会”的崭新实践，加快建设经济强、百姓富、环境美、社会文明程度高的新江苏。伟大的事业需要伟大的精神。我们缅怀雨花英烈，就是要学习他们的高尚品质和不朽精神，从中汲取养分与力量，砥砺全省人民朝气蓬勃地迈向未来；我们弘扬雨花英烈精神，就是要在高扬爱国主义主旋律、践行社会主义核心价值观的实践中，引导人们坚定对中国特色社会主义的道路自信、理论自信、制度自信、文化自信，努力创造出无愧于时代的崭新业绩，以此告慰那些为民族解放、国家富强和人民幸福而英勇献身的革命先辈们。

目　录

001　序曲
001　第一章
019　第二章
032　第三章
047　第四章
056　第五章
071　第六章
082　第七章
093　第八章
104　第九章
118　第十章
130　第十一章
139　第十二章
151　第十三章
160　第十四章
172　第十五章
189　尾声
193　主要参考资料

序曲

亲爱的大寿,《俘虏的生还》终于要重新出版啦!

这可是你用生命的体验书写出来的呀! 你可知道，三十年啦，无论我南下，还是北上；无论是战斗，还是和平；无论是顺境，还是逆境；无论是开心，还是痛苦……这本书，始终，始终伴随在我的身边，心心相印，形影不离。

亲爱的大寿，你一定还记得冯乃超同志吧？ 你当初将这部书稿的上篇寄给他的时候，他还主编着《创造月刊》和《文化批判》两个杂志，尽管这两份刊物相继被国民党勒令停刊，但冯乃超同志还是满怀热情地对书稿提出了修改意见。我想，如果没有乃超同志的扶持与鼓励，也就不会有后来上海泰东书局出版的《俘虏的生还》。

亲爱的大寿，现在中国青年出版社要重新出版你的这本宝贵的《俘虏的生还》，这可是我们敬爱的董老——董必武亲自关心的结果啊。今年夏天，我在北戴河遇见董老时，董老和我回忆起珍藏在心中的许多珍贵往事。董老对我说："为了纪念烈士牺牲三十周年，应该将《俘虏的生还》重新出版，就交给中国青年出版社吧！"

亲爱的的大寿啊，这不，中国青年出版社派来了个小伙子，叫王维玲，来具体商谈《俘虏的生还》一书的出版之事啦。

北京。西单商场附近。一处古老的宅院。青砖黛瓦的建筑，显得庄重而又典雅。与这颇为高大的瓦房有些不相配的，是房内的陈设，似乎过于简单：迎门只设有一老式条案，在条案正中央，挂着一幅身着西装的年轻男子的半身像。仅从这半身像看起来，此人既给人英俊潇洒之感，又让人领略到他的威严气概，非寻常之人也。

紧接着条案上一尊香炉，让人心头一紧：这半身像，原为遗像？

正是！这正是谭寿林烈士的遗像。正如李省群在回忆文章中所述，"谭寿林同志这个人很淳厚，我们对他很尊重，把他当作老大哥，叫他'大寿'。"

此刻，一位中等身材、面庞削瘦，身着列宁服、头戴布帽的老妇人，正在给谭寿林烈士上香。但见她，每进一炷香，都要对着遗像，喃喃细语一番，之后，随手轻轻地，抹一抹自己的眼角。她的心里似乎积压了太多太多的话语，她情感的闸门今天终于打开，一任自己的泪，默默地流淌，流淌……

她不是别人，正是谭寿林烈士志同道合的亲密伴侣钱瑛老大姐。

"让小王同志见到我这个'铁面女包公'流泪，见笑了，见笑了。来，请喝茶，谈工作。"钱瑛给自己的爱人上完香，便面带歉意地招呼登门拜访者，中国青年出版社的年轻编辑王维玲。他正是遵董老之命，受中国青年出版社委派，来与钱瑛大姐商谈谭寿林烈士《俘虏的生还》一书重新出版之事。

这里有必要交代一下，1954 年 9 月，国务院监察部成立，钱瑛是第一任监察部部长。 由于她工作中坚持真理，实事求是，铁面无私，被誉为党内“女包公”，而熟悉她的同志，都尊称她为“钱大姐”。

钱大姐让小王在单人小沙发上坐定，端上茶，亲切地询问：“今年多大了，小伙子？”

“报告钱大姐，二十九岁。”王维玲刚想起身，被钱瑛一把拉住，“嗳，坐，坐下。 现在我们拉家常，不必拘礼。 小王真是年轻，还不到三十岁，就能从事这么重要的工作，了不起。”

钱大姐转身也在一张单人小沙发上坐下，又问王维玲：“小王是哪里人呢？”

“山东蓬莱人。”

这一问一答之间，年轻的编辑王维玲，感受到了钱大姐的平易谦和，也让他从紧张拘束中解脱出来，变得轻松自如，他和钱大姐这样的老一辈革命家之间的距离，一下子缩短了。

这时候，钱大姐才起身从房间捧出一个白色的小布包，之后，小心翼翼地，慢慢地打开来，一册淡绿底色封面的图书展现在王维玲面前。 只见图书封面的上部书有“俘虏的生还”五个手写体草书字样，下部印有黄蓝两种色调、版画风格的正方形图案。

这正是 1929 年上海泰东书局出版的《俘虏的生还》。

捧着封面和内页都已发黄变脆的《俘虏的生还》，王维玲激动得说不出话来。 他双手微微颤抖着，对钱瑛道：“钱大姐，请您放心，这本书，我深知它的珍贵。 我拿回去，一定好好爱护。 我会先将内容抄写下来，尽快将原书奉还大姐保存。”

“好。 好。”钱瑛听到小王同志这么说，便点点头，脸上露出了满意的微笑。

在王维玲的请求下，钱瑛一边喝茶，一边向王维玲娓娓道出了谭寿林烈士的一些珍贵往事，以及《俘虏的生还》一书的创作过程。

钱瑛告诉小王，谭寿林创作这部珍贵的中篇小说时，虽然才三十三岁，却是一个革命斗争经验丰富的领导者了。他写这部小说，是要向人世间说明，主人公阿曼虽然被国民党从监狱里释放出来，表面上“自由”了，“生还”了，但出路何在？前进的道路又在何方？这一切都很茫然。而广州起义的洪流，让他一腔革命热情喷涌而出。一个革命者只有投身革命，只有推翻半封建半殖民地的统治，才能感到“自由”，才能得到真正的“生还”。

《俘虏的生还》虽然没有正面写出光明、胜利的前景，但对广州起义中革命者英勇战斗、流血牺牲的场景作了很好的再现，表达出了一种对人民的热爱、对革命的忠诚、对敌人的憎恨，揭露了旧社会那令人窒息、残酷压榨的黑暗现实。小说通过革命青年阿曼这一形象的塑造，比较典型地反映了那个特定年代追求进步的青年知识分子身上所体现出来的理想、品德与情操。

钱大姐沉浸在对自己的爱人、对往昔岁月的追溯之中，王维玲目不转睛、全神贯注地聆听着，不时在手中的小笔记本上记着。他知道，钱大姐讲述的这一切，对他顺利完成对谭寿林烈士这部遗著的编辑出版工作，真是太重要了。他的内心充满了对面前这位慈祥老大姐的感激，充满了对条案上方这位英俊威武的革命烈士谭寿林的崇敬与景仰。

当王维玲起身准备向钱瑛告辞的时候，钱大姐又郑重地向王维玲提出了编辑出版《俘虏的生还》需要注意的一些具体问题。王维玲点头应允，郑重地将钱瑛交给他的小白布包裹好，装进自己的公文包中，躬身行礼，跨院门而去。

让王维玲没有想到的是，就在他倾注全部心血，千方百计尽快让谭寿林烈士遗著重见天日之时，正赶上“利用小说进行反党活动是一大发明”的“指示”下达。在后来的这场风暴中，散发着油墨香味的《俘虏的生还》，刚刚装订成册，尚未来得及面世，便被统统送进了造纸厂，回炉矣。此是后话，不再赘述。

倒是钱瑛大姐，送走了中国青年出版社的编辑王维玲之后，一直凝望着条案上方自己的伴侣谭寿林，思绪早就飘出了身处的宅院，飘进了那风华正茂的青春岁月，飘进了充满荆棘、充满坎坷、充满刀光剑影、充满血雨腥风的峥嵘岁月……

第一章

这是广西贵县乡间常见的农家院落。前后两进的房舍，前面设有简易门楼，因围墙自然形成了一处院子，颇空旷。两进房舍之间，便是天井了。天井算不得大，与前院泥巴地面不同，天井四周及地面均铺上了小青砖，齐整而干净。与天井的小青砖形成对比的，是房舍的墙壁，一律是土坯垒砌而成。房舍的顶部，倒是盖上了青色小瓦。

整座院子坐落在一处坡地上，出得院门便是一片缓缓的坡地。时值早春，满坡开放着白色的野菊花，密密麻麻，星星点点，很是繁茂。

此处地属广西贵县三塘乡谭岭村，因此这家主人姓谭似乎顺理成章了。1896年4月29日，农历三月十七，谭寿林就出生在这个农家院落。

时光荏苒，日月如梭。从小寿林呱呱坠地，转眼六七年过去了。在这农家院落内，你会看到一个活泼轻快的的小身影，一会儿从村外塘边担水归来，一步一步，脚下虎虎生风；一会儿洒扫庭院，水瓢轻洒，扫帚在手中挥动，有板有眼，有模有样。

每逢这样的时候，奶奶总是从内屋出来，心疼得什么似的，拉住小孙子握笤帚的小手，唠叨着："看把你能的，好了好了，家里的家务活，有奶奶，有叔叔，有你爸妈，哪用你这般费劲费力哟。快快擦了汗，回房间温习先生布置的功课才是正事。"

"奶奶有所不知，先生布置的功课，我在学校就做好啦！"小寿林红扑扑的小脸上，露出一丝骄傲的神情。"嗳，那也不用再洒扫了，歇歇去吧！"看得出，这祖母对小寿林疼爱得很呢。

见奶奶执意不让自己洒扫，小寿林只好将洒扫庭院的一套用具，笤帚、畚箕、水瓢、水桶之类，留给奶奶，自己回房间温习课文。这孩子，虽说刚进私塾念书不久，但刻苦好学的品行，已经给授课先生留下了极深印象。

不仅如此，小寿林在学校也是一个乐于做事的勤快孩子。课余时间，多数同学都会三五成群，你追我捉，打闹嬉戏，而谭寿林，有时候挑水，有时候烧茶，有时候扫地……不论活儿的脏累，不论活儿的轻重，他总是主动去做。老师们看在眼里，喜在心里。每回碰到谭家家长，都会对小寿林赞不绝口。

以务农为本的谭寿林的父母，听到先生夸赞自己的儿子，心里头比走路捡到财宝还要开心。原本就淳厚朴实的两口子，当然希望自己的儿子从小就走正道，从小就能养成一个好品行。如果说，小寿林聪颖好学与先天的慧根有关，那么他勤快俭朴，无疑是受自己家庭的影响。

小寿林兄弟姐妹共有七人，只有父母亲和奶奶是主要劳动力。家中种有几亩薄地，也只能勉强维持生计罢了。生活在这样的农民家庭，谭寿林小小年纪就懂得要为父母亲和奶奶分担。他不仅会做挑水、扫地这类寻常家务活，而且会做一般女孩子才擅长的补衣裳、纳鞋底之类的“女红”。

有一回，他外祖父要去十里之外的一户人家出客，无奈一双布鞋，破得有如娃儿的小嘴巴，连脚的大拇趾头都露出来了。并非家中无人能做这样的缝补小事，外祖父也是有意让可爱的小外孙表现表现，就一本正经地将一双破鞋丢在小寿林面前，问，有没有计呀?

小寿林拿起外祖父的鞋子看了看，张口回了四个字：“立等可取。”

最可奇的是，小寿林拥有一手裁剪的好手艺，且远近闻名。要说生活在一个普通农家，平日里接触裁剪之类活计并不多。最多也就是，到过年时节，家里为他们这些孩子们准备新衣裳，才会买些布料回来。在一般寻常人家，多半是请裁缝师傅帮着裁剪一下，主家再将裁剪好了的衣料拿回家自己动手缝制。这裁缝师傅，也不是每个村里都有。眼前这谭岭村就没有。因此，谭寿林一家的衣裳，只有他母亲自己动手裁剪。虽然说家里日子过得寻常，并不是每年都给孩子们添新衣裳，但一大家子十来口人，每添一件都出村找裁缝师傅，费时费事，也得花点儿手工费呢。能省则省是谭家惯常家风，谭寿林的母亲当然不想为裁剪衣料再多花一分钱，一个农家妇女，她心里头想的是，一件衣裳手工钱不多，十件就可观了。几年下来，又能给孩子们添新衣裳了呀。

如此一来，凡事都喜欢探寻个究竟的小寿林，就有了观察学习的机会。真可谓是耳濡目染，再加之自己用心揣摩，没有多久，小寿林竟然接替了母亲，极熟练地为一家老小裁剪衣料了。谭家一家老小穿着小寿林裁剪的衣裳出门，立马让村邻们眼前一亮：得体新颖。

村邻们见着谭寿林的母亲，纷纷赞誉谭母手艺越来越精，不少人流露出想请谭母帮忙裁剪之意。此时，谭母只得如实相告，现在家里老老少少的穿衣，均为寿林小儿所裁。他只是好奇之举罢了，难登大雅之堂，更不敢在村邻长辈们的衣料上动剪子。言语间，作母亲的那份开心与满足，流露无遗。

谭家出了个裁剪高手。这消息，似春燕一般，很快飞传开来，整个三塘乡都传遍了。有好奇的，有不信服的，都是以裁剪为生的裁缝师傅，纷纷登门造访。一些原先并不知情的，见了谭寿林的裁剪活计，以为是四五十岁的老师傅呢，等到小寿林从学堂放学归来，方知是小小学童，不觉拍案击掌，连连称奇。

敦厚朴实的父亲，深知小寿林古灵精怪，因此并不肯让他过多沉迷于“女红”之类。平日里，敦促最多的还是告诫他用心读书。在初通文墨的父亲看来，这才是正经事，不能偏废。要说在私塾里的表现，小寿林也是可圈可点，出色得很。

他小小年纪，每天要行走四里多坡路进私塾读书，这且不去管了。当其时，为坐馆先生津津乐道的，是小寿林的敏捷才思。一日，先生偶见私塾馆外邻近的小山头上有一只母狗，便慢悠悠地吟出一联：

黑山头狗姆

馆内其他学童还没领会先生出语之用意呢，谭寿林几乎是脱口而出：

白面水鸡儿

坐馆先生听后微笑颔首，并没开言。此时，先生瞥见坡下池塘内，一只灰毛蛋鸭悠闲地划水觅食，遂又吟一联：

母鸭无鞋常洗脚

谭寿林略作停顿，正巧，一只红冠亮毛的大公鸡从学堂门前经过，于是灵机答道：

公鸡有发不梳头

这时，只听得坐馆先生手中戒尺猛击在课案之上，喜不自禁地点头赞叹，“栋材，栋材，此乃栋梁之材也。”

谭寿林的求学之路，并非一帆风顺。

无论谭寿林多么聪颖好学，无论私塾馆先生多么偏爱谭寿林，亦无论家里父母亲和奶奶多么希望谭寿林继续自己的学业，然而，谭寿林入馆读了两年书之后，还是因为遭受天灾，田地庄稼减产，家人生活都难以为继，哪里还拿得出钱来供他读书呢？

懂事要强的小寿林，没等父亲开口，就主动向坐馆先生告了长假，离开了自己无比喜爱的学堂，离开了一起玩耍、一起共读的学童。平日里，轻松平常的四里坡路，今天小寿林走得那么慢，那么难。

是的，他怎么舍得离开这开启自己心智的所在？ 他已经尝到了文化、知识给自己带来的甜头！ 他不敢想象，自己已经被文明之光照亮的内心，怎么能从此以后让它暗淡下去呢？ 他知道自己再也不愿意像父母亲那样生活在一个封闭的乡村，两年的阅读和传授，让他感受了这世上，应该还有与自己父母亲不一样的生活存在。

正如大家都知道的，他热爱劳动，他决不鄙视劳作的人们，但他心中的愿望，并不想让自己重复着父母的生命轨迹，做一个种田郎。心智有点早熟的谭寿林，小小年纪就已经萌生了“孩儿立志出乡关”的想法，他梦想着走出乡村，拥有更为广阔的生命舞台。

尽管这一切，都是那么朦胧，那么模糊，那么遥远，甚至还十分十分渺茫，然而它确实存在着，拨动着谭寿林那颗稚嫩而幼小的心灵。

现在，这一切要离小寿林而去了，他怎么还能迈得出轻快的脚步来呢？ 这四华里坡道，似乎愈益漫长，用去了他整整半天的时光。

当小寿林擦黑时分方才进得家门，父母亲和奶奶已经等候在院门口多时了。 奶奶是不太放心，她知道，小孙子从来没有这么晚不归来的。 她想让儿子接应接应。 婆婆的想法，与做母亲的心事一样。 但历来谨遵妇道的妻子，凡事总是听凭丈夫决断。

凭着自己对儿子的了解，这孩子定然做出了自己的决定。 家中举步为艰的情形，小寿林肯定看在眼里，吃了上顿愁下顿，他哪里还有心思再读书？！

既然现在实在没有办法让孩子继续学业，那就让他和家人一起承担艰难的日子。 丢下书本不过是暂时的，生为人父断不会让如此好学上进的幼苗在自己手上枯萎的。 初通文墨的父亲，学会了用孟子的“天将降大任于斯人也，必先苦其心志，劳其筋骨，饿其体肤”来宽慰自己。 这一段时间的艰难，既然是儿子必须要面对的，必须要走的，那就让他来面对，让他自己来走。 自己的儿子，虽然小小年纪，作为他的父亲，心里是信得过的。

这样一番颇为复杂的思虑，谭寿林的父亲觉得跟自己的母亲和妻子很难说清，也无需说清。 他只是肯定地告诉自己的母亲和妻子，小寿林不会有事，他只是向先生、同窗辞别，难免依依不舍罢了。

果然，当父母亲和奶奶将万般疼爱的小寿林迎进家门之后，小寿林十分郑重地向父亲、母亲、奶奶和家里的兄弟姐妹们宣告，明天他将下地劳作，暂时不去读书了。

“你这懂事的娃娃呀，怎么没有生在一个好人家里头哟！”奶奶心疼得什么似的，将小孙子搂抱在怀里，双手不停拍打着他的后背。 母亲鼻子一酸，泪水早已在眼眶里打转了。

“好娃崽，爸爸谢谢你的一片孝心。 劳作之事，力所能及，学堂可以不去，书不可以不读。 爸爸已经跟坐馆先生打好招呼，求得先生的通融，你每隔几日可以去学堂请教请教先生的。”

“谢父亲大人成全！”小寿林俨然一个读书人的模样，转身出了奶奶的怀抱，有模有样地向家父行了躬身礼。

这谭氏一家，日子虽然清苦，但那份血浓于水的亲情，着实让人感动。

经历岁月的磨练，谭寿林进入贵县中学时，已经长大成人，成为一名英俊挺拔的青年。

从谭家岭到贵县县城读书，谭寿林要走的路远不止早年读私塾时的四里，而是要步行四十多里乡路。

这样的行走，无疑是艰难的。因为要赶时间，谭寿林脚下的步子是匆忙的，急促的，学校开学的日期是一定的，在规定的日期内不能到校，不仅要受到学校的批评，而且功课也会被耽误，这可是谭寿林无论如何都不允许在自己身上发生的。他对自己学习的要求高到了近乎严苛的程度，这在他七岁那年进入私塾启蒙时，就已初露端倪。他自然清楚，他能读上中学，真的来之不易。家里父亲、母亲和奶奶多付出多少辛劳就不必细说了，就是辍学，复课，再辍学，再复课，反反复复，不知经历了多少次。家中靠耕种维持生计，稍有不测，庄稼歉收，十来口人吃饭都成问题，谭寿林自然会极自觉地辍学回家。等到家中条件稍有好转，父亲便会想方设法将寿林送回学校。让这个天资聪慧的儿子走出谭家岭，是谭寿林父亲埋藏心底的梦想。

这样的行走，谭寿林的肩头无疑是沉甸甸的。因为这样的行走，几乎无一例外地发生在每学期开学和学期结束之际。开学时，他要将日常所需用物裹扎好，挑至学校宿舍。你能看到，谭寿林肩上所挑行李担子，一头是农家常见的大小木盆，木盆内装着黄麻蚊帐、黑苧麻衣裳之类生活必需品，另一头则是要交给学校伙房的膳米，这可是家里人从嘴巴上省出来的。学期结束时，谭寿林则必须将自己的日常所用再从学校挑回家去，因为家中兄弟姐妹都纷纷长大了，没有多余的用物，更没有多余的换洗衣裳。这里说一句，他年轻时养成的这一生活习惯，一直到投身革命，走上领导岗位，都没有改变。就连他在上海工作期间，随身也只有一只旧藤箱，一床破棉被，一套旧西服，生活十分简朴。此是后话，容后文再叙。

说实在的，谭寿林虽然相貌不俗，但身穿苎麻衣，住的黄麻帐，用的是木头盆，哪一点也没有现代新青年的风范，在贵县县城一所中学里，被人讥讽为“村巴佬”，似乎也是再正常不过的事情。

谭寿林自然没有心思去理会那些城里娇小姐、贵公子的讥讽，他来贵中是渴求文化知识的，不是来“走秀”的。事实上，他很快就给那些讥讽他的娇小姐、贵公子们一个“下马威”：谭寿林不仅每次考试成绩在班级遥遥领先，而且在贵中赢得了“作文能手”之美誉。

谭寿林成了贵中出了名的“学霸”。有好事者对谭寿林在贵中四年的成绩作了一个统计，结果发现，这四年八个学期，谭寿林有七个学期的考试成绩位居全班第一，仅一个学期拿了班级第二。正因为如此，同学们心悦诚服地称他为“谭督军”。

“谭督军”还真有点儿“督军”的架势，绝不是“两耳不闻窗外事，一心只读圣贤书”的书呆子。

这期间，贵县城里流传着一青年与客栈老板“斗楹联”的故事。说是某客栈老板，平日里喜好楹联，每每邀约三两“雅士”至客栈唱和，犹觉不过瘾。于是，“雅士”们献计，为客栈老板撰出上联，置于客栈大堂进行悬赏：若有客人给出下联，便可免费食宿数日，决不食言云云。但见客栈大堂悬赏之上联是——

天留过客难为过客之东

此联一出，称道者，赞叹者，不在少数。数日过去，也不见有人来应对。客栈老板不免有些扫兴。就在这当口，一细雨绵绵的傍晚，客栈生意有些冷清，老板闲坐饮茶，似乎在等候着应对下联之人。

就在此时，进来一位仪表堂堂的青年，进得客栈大堂之后径直来到客栈老板的茶几前，拱手相问："请问先生，此店老板可曾外出？"

"在下正是！ 想必年轻人是应联而来？"客栈老板顿时眼睛一亮，浑身有了精神。

"正是，正是！ 老板所言，是否属实？"青年并不急于抛出自己的下联，而是追问了一句。

"君子一言，驷马难追。"

"好！ 老板且听我给出的下联。"青年人颇为自负地吟咏道：

雨阻行人君即行人之主

看得出，此青年来前并无现成的下联。 只是与老板交谈之后，应时应景，抓住雨天，扣住老板以"君子"自誉，灵机一动，才有了下联。 虽说从楹联对仗工整性上不够完美，作为楹联"发烧友"的客栈老板，当然知道，来者不可小觑。 于是对年轻人道，"你方才的下联，还不能赢得免费食宿。 我恐怕——"

"恐怕怎样？"青年见老板没有爽快兑现承诺，便急切询问。

只请清茶半盏

客栈老板笑眯眯地又抛出一短联。

"依小生看老板广招四海客，广纳八方财，断不会如此小气。"青年人神情稍作舒缓，答出下联——

更乞白饭一餐

客栈老板联性大增，有了与眼前青年打斗一番的兴致。 遂调侃道——

无甚佳肴只有园中青菜

年轻人知道客栈老板此时是用楹联交战，便挥挥手笑答：

何劳盛设请烹笼中黄鸡

客栈老板没想到年轻人竟然没有顺从自己上联，拿出一个青年应该有的“诚意”与“礼让”，反而戏弄于自己，心中陡增不快，不客气地挥手道——

君试听谯楼上几更几鼓这等恶客去去去连夜速去

年轻人似乎感觉到了老板的不悦，连忙拱手行礼：

我只爱大厅前一口一杯好个贵东来来来明日再来

言罢，躬身离去。

此事，一传十，十传百，很快传遍了贵县县城。民众们纷纷赞叹那位不知姓名的青年，才情如何了得。可当此事传进贵县中学，传进谭寿林的耳朵里，身为一个中学生的谭寿林，则对此不以为然，认为这不过是一种文字游戏而已，而且是一种无聊的文字游戏，毫无意义。

此时的谭寿林，已经显露出不随波逐流、敢爱敢恨的可贵品格。

在贵中读书期间，谭寿林由被人讥讽的“村巴佬”，变身为师生赞许的“谭督军”，自然会有一些富家子弟来拉拢他，其中不乏有“娇小姐”对他暗送秋波。谭寿林心里十分清楚这些“公子哥”“娇小姐”的用意，往往投以轻蔑一笑，根本不予理睬。相反，对与自己一样出身贫寒的农家子弟，则乐意出手相助。

谭寿林很小的时候，就养成了一种不怕天、不怕地的反抗精神。

记得还是他读私塾的时候，六湖村的一个地主老爷，带着几个家丁和一条凶狠的狼狗，来到谭岭村收租子。真的是狗仗人势，地主老爷的那条狼狗，进得谭岭村，狂吠不止，弄得整个村子鸡犬不宁。

当地主老爷带着家丁来到贫农九爷家门前时，地主老爷家的狼狗与贫农九爷看家的大黄狗，刚一碰面犹如仇人相见，分外眼红，立马撕咬起来。想着地主老爷来自家是要收租的，万一自家的大黄狗咬伤了地主老爷家的狼狗，事情就坏了。不要说现在三年两头闹饥荒，缴租的粮食尚未凑齐，再将地主老爷的狗咬伤了，那更是没有能力赔偿的。到那时，地主老爷岂能善罢甘休?

于是乎，贫农九爷只能尽力阻拦自家大黄狗的进攻。这样一来，便给了地主老爷家狼狗攻击之机。不幸的一幕，几乎是毫无悬念地发生了：地主老爷家的狼狗凶残地咬死了九爷看家护宅的大黄狗。

平日里就宽厚老实、与世无争的老贫农九爷，只是含泪抱着死去的大黄狗，独自伤心。此时，前来收租的地主老爷，吩咐家丁将九爷家中维持生计的粮食统统搜刮一空，恶狠狠地留下一句：“不足的租子，限你老九头三日之内备齐，本老爷再次登门，就不会像今天这样好说话了。走！”

这地主老爷，真是无理得很。自家狗将九爷家大黄狗活活咬死，他竟然视若不见，就像什么事情都没有发生一样，疯狂搜括一番之后，若无其事地走了。不，何止是若无其事? 连离开九爷家门口时，他还吩咐一个家丁给自家狼狗喂了一块肉骨头，得意地对家丁们道，“还是我们家阿狼厉害！ 老九头家的黄狗，找死！”这才耀武扬威地从九爷家离开。

这一幕被中午放学回村的小寿林看在眼里，直恨得牙齿咬得格格作响。可不能就这样便宜了地主老财，九爷家的阿黄可不能白白死掉。小寿林心里想着这些，脚下步子加快了许多。很快，一群娃儿在小寿林的带领下，沿着地主老财离开的路追了上来，这当中有九爷的孙子小龙，他和其他伙伴抬着被活活咬死的大黄狗。冲在这群娃儿最前面的，无疑是小寿林。只见他边追边高喊：“六湖来的狗地主，不——能——走！”

小寿林这么一喊，其他娃儿也跟着高声叫喊：

“六湖来的狗地主，不——能——走！”

“六湖来的狗地主，不——能——走！”

“六湖来的狗地主，不——能——走！”

顿时，坡道上娃娃们的喊声响成一片，惊动了在田间劳作的大人。

原本正得意着的六湖老财，耳听得一群娃娃高喊的似乎就是自己，并且拼命朝自己这边追了过来。心想，这么被一群娃娃追喊着，有失脸面，往后还怎么到谭家岭一带收租呢？料想这群小孩子也翻不起什么大浪，且停下教训教训他们再说。

不一会儿，小寿林和一帮娃儿便追到了收租地主一行的跟前。地主一见有人抬着刚才被自家狼狗咬死的大黄狗，就知道这帮穷孩子的来意了。他板着脸孔，晃了晃手中的拐杖，声色俱厉地问道：“刚才，是哪个穷小鬼如此大胆而且无理，叫本老爷狗地主？！”

“叫，是我叫的。不过，我叫的是‘六湖来的狗地主’！”小寿林毫无惧怕退缩之意。

“小小年纪，跟我咬文嚼字，这有什么区别么？”

“请问，你们一行可是六湖来的？”小寿林一本正经地询问道。

“废话！你这个小娃儿，这不是明知故问？”

“那好，你们一行是不是有六湖来的狗，有六湖来的地主？我们叫你们六湖来的狗、地主，有什么错？这位地主老爷，总不能要求我们将喊话中的符号也喊出来吧？”小寿林依然一本正经地询问，让地主的脸色越发难看，而无知的家丁则和一帮娃儿哄笑起来。

“现在轮到我们问一问地主老爷，九爷家的大黄狗是不是你家狼狗给活活咬死的？你家狼狗咬死九爷家阿黄，不仅没有向悲苦的九爷赔礼认错，反而夸耀自家狼狗威猛。你扪心自问，要不是九爷阻拦着自家黄狗的进攻，阿黄怎么会丧命？你家狼狗再凶狠，也不至于像现在这样毫发无损吧？”

“打死这条狼狗！”

“打死这条狼狗！”

小伙伴们可谓是一呼百应，群情激愤起来。这刻儿，小寿林摆摆小手，让小伙伴先别呼喊，继续和六湖地主辩论道：“你的家丁闯进九爷家中，将人家维持生计的口粮都搜括一空，这不是置九爷一家的生死于不顾么？这样的行径，跟咬死大黄狗的狼狗又有什么两样呢？”

“你，你——小小年纪，伶牙俐齿，血口喷人！本老爷不跟你们这帮无赖小儿纠缠，走——”六湖地主被小寿林驳斥得哑口无言，理屈词穷，企图落荒而走。

“六湖老爷怎么能走？自古道，杀人偿命，你的狗杀了人家的狗，要么丢下你的狗偿命，要么丢下赔偿金。”小寿林严正以对，拦在收租的一行人跟前，毫不退让。

这时，几个手持农具的村民急匆匆赶了过来，一看这架势，六湖的地主知道难以脱身，遂示意其中一家丁丢下几块铜板，并向小寿林一帮娃儿拱手行礼。

就在大家伙儿都认为，这样的结果很不错了的时候，小寿林依然没有退让之意。

“小娃娃，依你所言，本老爷钱也给了，礼也赔了。何故还不肯放行？”六湖地主故作大度，慢声询问谭寿林。

“你这位老爷，明知故问！你将九爷家糊口养命之粮，搜刮得一粒不剩，我怎么能让你离开？”

“丢下口粮！”

“丢下口粮！”

娃娃们哄喊起来，几个村民也举起手中农具，和娃儿们一起抗议着。他们边抗议，边从家丁手中抢回了九爷家的粮食。

小寿林毫不畏惧恶霸地主，为贫苦村民争取自身利益而斗争的壮举，很快传遍了整个三塘。

谭寿林的才情在其幼年就已经展露，长大成人后其心胸情怀发生了巨大变化。因而，对用楹联获取口腹之欲很是不屑，也在情理之中了。其实，长大成人之后的谭寿林，也曾有过用楹联智斗地方官吏的精彩佳话。

有一年，三塘乡几个父老倡议成立“震亚小学”。穷苦的百姓，深知自己受地主劣绅欺诈，很大原因跟自己是个目不识丁的“睁眼瞎”有关。如果能让自己的孩子们上学读书，将来长大成人之后，能知书达理，定能少受地主劣绅的欺负。因此，几个父老的倡仪很快就得到了众多村民的响应，大家伙儿一起出主意，想办法。有人提议，乡里那座废弃的兴林寺，早就破损不用了，但寺院建筑中残留的一部分建筑材料，用于校舍建设再好不过。

几个父老一商议，觉得此举甚好。寺庙原本就是劝人积德行善之所，而学校实施启蒙教育，让孩子们从小知是非、明道理，其目的可以说是异曲同工，殊途同归。现如今震亚小学修建材料不足，借兴林寺的一些木料用一用，并无什么不妥。

商议已定，几个父老出面组织村民到兴林寺拆取木材。谁料想，寺底村一名唤梁柱臣的土豪抢先一步，已经组织起众家丁，将寺院中有用的木头全部肩背人扛，浩浩荡荡往自己家中运送。无论几个父老怎么和土豪梁柱臣理论，一贯横行乡里、鱼肉百姓的梁柱臣哪里会把几个风烛残年的老人放在眼里。息事宁人的父老，不愿和梁柱臣的家丁们发生械斗，只好眼睁睁看着寺院木料被土豪霸占，无法夺回。可是，村民们咽不下这口气。我们来寺院拆木料，是为了众多的娃儿能上学念书，他梁柱臣将寺院木料占为己有，分明是巧取豪夺，实乃蛮横无理之举。于是，有人提议，“我们到公局告梁柱臣，让公局将木料判归震亚小学。”“好，到公局去告状。”“走，告梁柱臣去！”

众人似乎又有了希望。建震亚小学实在太需要这些木料了。然而，村民们的想法还是太天真了。惯常和土豪劣绅沆瀣一气、鱼肉乡里、欺负百姓的“公局”老爷，怎么可能站在村民这边，替势单力薄的几个父老讲话呢？这些被乡里土豪劣绅喂养得脑满肠肥的“公局”老爷，早已黑心烂肺，坏了心肠。几个父老和村民到“公局”告状的结果，可想而知了。

要说这“公局”，可是当时乡镇一级的政权机关，通常由正副局董和助理员三人组成。这三个人，理应以服务地方、服务百姓为职责，主持正义，秉公办事，才是他们应有之举。然而，现在三塘公局老爷们，完完全全和梁柱臣之流同坐一张凳子，合穿一条裤子，干的是欺压百姓、中饱私囊的勾当，早已与土豪劣绅们同流合污。

此时，身为中学生的谭寿林深知，对这些土豪劣绅、“公局”、老爷，决不能心存侥幸，唯有和他们进行斗争，斗争！

在谭寿林的发动和组织下，一场颇具规模的示威游行在三塘公局门口举行了。

“霸占建校木材不得人心！”

“土豪梁柱臣，快快退回强占木材！”

“公局老爷处置不公，罪责难逃！”

一群小学生和一些村民，高举标语，呼喊着口号，将三塘公局门口严严地围堵起来，公局不能正常办公，来人进不去，局董出不来。

人群中抗议声一浪高过一浪，群情激愤。这时，谭寿林带着几个学生，将事先裁剪好的白纸沾上糊糊，左右大门上，一边一幅。大伙儿一时停止了呼喊，目光一下子都集中到空白的对联上。

在众人注视下，谭寿林提笔上前，给三塘公局的老爷们送上了一副楹联。但见上联写着——

供(公)肥三只狗

再看下联——

焗(局)瘦一圩人

谭寿林几乎是一笔挥就，但见他书写完毕，大声将此联朗读出来，并且高声对公局门内喊道：“局董，请接收新赠楹联——”

供(公)肥三只狗

在三塘公局门口示威游行的学生和村民一起跟着谭寿林大声朗读起贴在公局大门上的新楹联，引得越来越多的乡民前来围观。三塘公局的局董感觉事情的不妙，再躲在公局内也不是事，于是满脸不快地跨出门来，“你们这些学生不在学校好好读书，到这里来捣什么乱？还有你们几个种田汉，不在田里干活儿，跟在这些娃娃后面瞎起哄，真是胡闹。”

局董一提让学生好好读书，这些孩子在谭寿林的暗示下吵嚷成了一片——

“还我们建校的木材！”

“还我们建校的木材！”

“请局董主持公道，这寺底村的土豪梁柱臣强占了震亚小学建校舍所需的木材，实在是不应该的。兴林寺庙的木材原本就属公产，用于建学校天经地义，公产公用，合情合理。现在他梁柱臣强行占为私有，这公产私用，当然不合情理。所以，梁柱臣必须退还木材。我希望局董知晓此事的利害关系，别将事态搞得不可收拾！至于你们公局里谁收了梁柱臣的贿赂，你局董比我们清楚。顺便再说一句，公局里的三位，屁股后面干不干净，这也是秃子头上的虱子，明摆着呢。奉劝局董不要惹火烧身！”

谭寿林径直走到了局董跟前，义正辞严地作了以上陈述，说得局董无言以对，暗自叫苦，今天碰到的青年，看来非等闲之辈。如果此事不好好了结，越闹越大，还真不知眼前的这个青年下一步还有什么棋局摆布好了，在等着呢。

出于无奈，三塘公局局董采取了息事宁人的姿态，承诺让梁柱臣退出木材，劝游行示威的人群早点散去，长时间围堵公局，这也是不合适的。

既然局董出来作了承诺，谭寿林便召集游行示威的人群离开，“大家伙儿暂且离开，如果木材不退回到震亚小学，我们还会再来，到那时就不止示威游行这么简单了，一定会来一场疾风暴雨的！”

“放心，放心，承诺一定兑现。”局董听到“疾风暴雨”四个字就有点发慌，再加上之前，眼前的青年人就揭过局董的“屁股”，自己越发心虚，唯有点头应承的份儿了。

事情到这里，原本就结束了。可公局的局董耍了小伎俩，让此事多了一些花絮。难道是梁柱臣强占的木材没有退回？那倒不是。“屁股”原本就不干净的局董，当然没有这个胆量和谭寿林他们“斗”。那局董的小伎俩是什么呢？

他们换了谭寿林赠送的楹联，自行贴上了一副新联。但见上联是——

公是公非行正道

下联为——

局中局外结同心

说实在的，站在局董的角度，将谭寿林所赠楹联换下也实正常，公局进进出出就三个人，大门楹联上写着“三只狗”，怎么看怎么别扭，怎么看怎么不舒服。换上现在的这副楹联，看上去让人感觉则大大不同。此联，为公局树起了公正、团结的形象，这不仅让局董心里舒服，脸上也觉得增光不少。

可好景不长，局董此联贴上门没几天，味道就变掉了。猛一看，楹联还是局董所贴的那一联，只是楹联的上下联，各多出一处逗点。这逗点一加，则联意全反矣。且看上联——

公是公，非行正道

再看下联——

局中局，外结同心

原来，谭寿林一日从公局门前经过，发现公局大门上自己所书楹联不见了，换了一副新联，其内容明显是自我标榜、自我吹嘘，完全是寡廉鲜耻之徒。谭寿林心头“哼哼”冷笑几声，“你们也不撒泡尿照照，自己是不是配！”于是，他从随身的包裹中取出毛笔，略作思索，举笔在上下联中间加了“，”。想着公局里的局董们见到此联后气急败坏、暴跳如雷的样子，“哈哈”大笑，扬长而去……

谭寿林智改公局楹联，羞辱嘲讽局董的事迹，和他率领震亚小学学生和村民争取建校木料的斗争故事一样，越传越广。谭寿林，一个爱憎分明、富有正义感的进步青年形象，在老百姓心目中树立起来，一提起他，人们打心里头赞叹敬佩。

而让谭寿林成长为一个真正的爱国进步青年的，则是他在贵县中学读书期间，发生的一件举世震惊的大事件。

第二章

1919 年 5 月 4 日，北京学生爱国运动爆发。

大江南北，长城内外，群起响应，全国有二十多个省，一百多个大中城市的广大爱国学生、工人、市民以及其他爱国人士，正义凛然，不畏强暴，投身到这场反帝反封建的伟大斗争之中。五四运动有如星星之火，渐成燎原之势。从此，中国新民主主义革命揭开了崭新一页。

远在数千里之外的广西，和全国其他地方一样，也共同参与了这场如火如荼的爱国运动。谭寿林就读的贵县中学，在接到北京学生会的通电之后，迅捷行动起来，举行声势浩大的示威游行。

“外争国权，内惩国贼！”

“还我山东，拒绝对德和约签字！”

“废除二十一条！”

“抵制日货！”

“声讨卖国贼曹汝霖、陆宗舆、章宗祥！”

贵县县城大街小巷，到处都是示威游行的中小学生，这当中总有一个身影活跃在示威游行的学生中间。他一会儿带领学生振臂高呼，一会儿登上高台慷慨演说，从他那张涨红的充满青春气息的脸庞上，从他那高亢激昂充满鼓动性的话语中，从他那坚定有力充满自信的挥手之间，人们看到了一个满怀爱国之情、被五四运动之火点燃了的谭寿林。他勇敢地走出了课堂，走出了校门，走上了社会，走进了民众，投身到了“五四”洪流之中。

在谭寿林的倡导下，贵县学生联合会快速筹建起来，他本人被同学们推选为贵县学生联合会第一任会长。杨寿汉为文牍主任，高耀光为调查日货主任，李镇峰为交际主任，林运昌为评议主任。学生联合会决定由谭寿林代表贵县要求进步的全体同学，出席在梧州召开的广西全省学生联合代表大会。

在这次广西全省学生联合代表大会上，谭寿林代表贵县起草了一份宣言。在这份宣言中，谭寿林对日本帝国主义如何从军事、经济、文化等方面侵略中国的图谋进行了深刻揭露，同时对当时的北京军阀政府卖国求荣的可耻行径进行了强烈声讨。

据谭寿林在贵县中学的同班同学林庆芳后来回忆，当时谭寿林所写宣言一些内容，林庆芳都还能记得：“……北京学生焚曹殴章是天下最快人心之事。……当时救国，难望持枪执戟之军人，亦难望于摇唇鼓舌之政客。惟知耻而不畏死之学生，毅然行之，是可敬也……”

谭寿林在宣言的最后奋力呼吁，“谨宣言于中外人士曰：谋我国土，是我仇雠；国仇未报，惟有断头；绝无屈膝，仰彼苛求……”

谭寿林起草的宣言，发出了广西爱国学生的心声，犀利的言辞有如投枪和匕首，直刺敌人的心脏；充满激情和感染力的号召有如战鼓和号角，鼓舞斗志，催人奋进。

广西全省学生联合代表大会决定，选用谭寿林起草的这份宣言作为大会宣言，并于大会之后在相关报纸公开发表。真可谓“一石激起千层浪”，谭寿林起草的这份充满战斗力的宣言，很快传遍了八桂大地，传向整个华夏热土。

广西全省学生联合代表大会召开之后，谭寿林很快从梧州返回贵县，传达大会精神，宣读大会宣言，组织动员广大学生和各界爱国人士，迅速投身反对日本、抵制日货的斗争浪潮之中。谭寿林并没有满足于一批又一批学生组织起来，走上了街头，而是以觉悟了的进步学生为主力军，分赴到贵县各圩各镇、各乡各村，作演讲，作动员，让贵县各界民众紧密团结起来，一起声讨卖国贼，一起反抗日本帝国主义。

在领导贵县学生运动过程中，谭寿林针对不同对象采取了不同的说服教育方式。虽然受北京爱国学生运动影响，贵县学生运动也是呈汹涌澎湃之势，然而，总是有一些觉醒迟的同学，谭寿林不轻言放弃，苦口婆心，反复开导——

“国之不存，家将安在？唯有希望革命成功，才能打倒帝国主义，才能取消不平等条约，才能建设国家，不然一切都属徒劳空想。”

据时任学联调查日货主任高耀光回忆，谭寿林这番劝导，对“只顾埋头伏案，专心苦读，不愿搞什么爱国运动”的同学，“启发鼓舞很大，卒将书痴唤起，一致参加爱国运动。”

对于宣传发动普通民众，谭寿林则采取了白话儿歌的特殊形式，让已经投身爱国运动的中小学生，向自己的家长吟诵儿歌，宣传革命道理，号召家长们共同投身“五四”爱国大潮。其时，谭寿林已经主办了一份进步报纸——《晨报》，开展革命宣传活动。他创作的白话儿歌，就发表在《晨报》上：

亚妈口系，
你勿忧，
儿今抵制有机谋。
有钱咪买日人食，
无衣咪着东京绸。
日货劣，
国货要研究，
待过几年儿长大，
一定挺身报国仇。

此儿歌一经在《晨报》刊出，迅速在中小学生和少年儿童中间传唱开来，影响了许许多多的家庭，家长们在孩子们的影响下，也纷纷走上街头，加入抗日、抵制日货的行列。

在这期间，为了宣传抗日爱国思想，谭寿林奋笔疾书，写下了《国耻当雪论》《外侮日逼论》等一系列忧国忧民、反帝爱国的檄文。他在一篇题为《丈夫当以功济四海论》的文章中这样写道：

今日之中国，正当多事之秋也。外有强邻之逼，内有剧寇之萌，使无人支柱其间，吾恐难保无陆沉之祸也。然而一国之大，人民之从，岂竟无一人焉，具经天纬地之才，抱旋乾转坤之志，出而拨乱反治于其间乎。昔马燧有言曰：天下有事，丈夫当以功济四海。壮哉斯言！夫吾国人民，号称四百兆，岂四百兆中，皆妇人女子，而无堂堂七尺之丈夫乎。既然以丈夫自任，则当多事之秋，即宜毅然出而任事，勿畏难，勿偷安，勿事徘徊，勿相推诿，热诚以保国家。苟人人若是，则虽多事之秋，必转而为治平之世。虽强邻之逼，必变而为协约之邦；剧寇之萌，必自潜踪而灭影，又岂有陆沉之祸乎。所患者，有丈夫之名，无丈夫之气，而于此泄泄，于彼沓沓，置安危存亡于不顾，此则无可挽回者也。吾同胞乎，吾同胞乎，其有心于国事否乎，其亦三复马燧之言可耳。

从此文中不难看出，谭寿林俨然已经成长为一个浩然正气、铁骨铮铮的男儿形象。正因为他敢于反抗，敢于牺牲，敢于战斗，不苟且偷安，不畏惧退缩，不犹豫彷徨，内心充满着对祖国、对人民、对民族的大爱，他才会满腔热情地、义无反顾地全身心投入到这场反对日本帝国主义、抵制日货的爱国斗争之中。

从梧州参加广西全省学生联合代表大会回贵县不久，谭寿林就率领贵县学生联合会交际主任李镇峰、调查日货主任高耀光，作为贵县学生联合会代表，正式与贵县商会就抵制日货进行谈判协商。在谭寿林等人的努力下，与贵县商会一起制定出了抵制日货的三条规定：

第一，对贵县各商铺店内现存日货，限期登记销清；第二，在途日货于即日算起，由梧州运上三天内到达的，由广州运上五天内到达的，准予提货销售；第三，凡超出上述规定期限运到的，显然属私运，查获即照没收焚烧。

协议既然达成，学联和商会双方当共守此约，不得违反。

这份条约的签订，显示出了年轻的谭寿林的斗争智慧。同时，也为他大张旗鼓地组织学生督查日货创造了有利条件。

此时的贵县大街小巷、河港码头，到处都活跃着学联骨干分子的身影，他们不分昼夜地值班、巡查，时刻保持着高度戒备状态。就在这时候，一条“大鱼”闯到了谭寿林他们撒下的大网之中。同学们几日来的严防死守终于没有白费劲，他们的辛苦巡查终于有了成果，让他们备感兴奋和紧张的是，开网第一回合，就碰到了一个“大家伙”，不仅查获的日货数量多，而且货主来头大。这抵制日货的第一仗，如果打赢了，无疑学联的同学们将会信心大增，士气大涨，而不法商贩的嚣张气焰将会受到沉重打击，其私运日货、私售日货的不法行为将会有所收敛。

如此一说，谭寿林领导的并无太多实战经验的学联的同学们，能否顺利地捕获已经落网的“大鱼”呢？ 而这日货数量多、来头又大的“大家伙”，想必也会花招迭出，岂肯轻易就范？ 一番殊死较量就在眼前，一触即发，学联的同学们兴奋和紧张，也在情理之中。

贵县县城一处并不算繁华的街道之上，某酒楼的包厢内，贵县商会会长蔡觐文，早已备好一桌酒席，亲自在包厢等候他要请的客人前来赴宴。

与往常稍有不同的是，今晚蔡会长明显有些坐立不安。 但见他坐在餐桌边没有多会儿工夫，便起身至包厢门口张望，似乎又要顾及自己的面子，张望之后便迅即入座。 然而，摆在跟前的茶盏，也不见他端起品用，足见他内心确有不安。

身为一县商会会长的蔡觐文，自然是见过些世面的，出入饭店酒楼，宴席往来，本该是极其寻常之事。 难道说，他今晚所请之人，会是贵县政要？ 抑或是巨商大贾？

细看看他今晚安排的宴席酒楼也不像啊，此酒楼并非贵县繁华区域，其规模和内部陈设在贵县根本排不上名，既没有霓虹闪烁，也不见靓妹游走。 此处断不像接待政要和商贾之所，蔡觐文混迹贵县商界年头久矣，自然知晓那些政要、商贾之喜好，自然也就不会因为吝啬钱财而得罪那些政要、商贾。 俗语有云，舍不得孩子套不住狼。 该下的血本，不能少。 这么浅显的道理，蔡会长当然是懂的。

眼前这酒楼，与“豪华”无涉，虽不至简陋，也只能用“尚可”二字来定位。 倒是酒楼所处位置，颇为安静，少了一般酒楼饭店的熙攘与嘈杂。 看来，蔡会长今晚是要见什么人？ 且又担心想见之人不能爽快赴约？

正是如此！ 蔡觐文今晚所请之客既不是贵县政要，也不是一方巨贾，而是贵县中学的两位青年学生：谭寿林、李镇峰。 对这两位，前文已有交代，此时谭寿林的身份是贵县学生联合会会长，李镇峰担任贵县学生联合会交际主任。

明眼人一看便知，蔡会长今晚专门设宴请这两位学生，一定与“日货”有关。此处，不妨透露一下，这日货为学联所查获，这是其一。其二，这批被查获的日货，还不是其他商号的日货，偏偏出自蔡会长自己经营的启昌号什货铺。其三，这批日货数量巨大，如被查缴没收，启昌什货铺会损失惨重。

难怪他在酒楼包厢内坐立不安呢。他再有江湖经验，面对两个青年学生似乎无法下手，有劲使不上。因为事关日货，谭寿林他们决不会有丝毫退让，又怎么会轻易赴他蔡会长的酒宴呢?

有“老狐狸”之称的蔡觐文，事先已经想到了这一点。因而，他请出贵县中学校长甘修已出面，暗中帮忙，确保谭寿林、李镇峰到场。甘校长倒是一副受人之托忠人之事的君子风范，言称这一阵子谭寿林、李镇峰二位同学，组织抵制日货运动，日夜巡查，尽职尽责，其精神可嘉，于是校长备一杯薄酒，以示褒奖与抚恤之情。

两位学生自然也有一番推辞，不敢劳动校长亲自慰劳。甘校长进而言称，也不是专门设宴，有朋友作东主请校长，校长觉得这一阵谭李二同学甚为辛苦，故而有此动议。在校长面前，谭李二位学生，自然不好过于推辞，也就顺从校长之意，前往赴约。

谭寿林、李镇峰二人跟随甘校长跨入酒楼包厢时，一眼就看见了商会会长蔡觐文。反应敏捷的谭寿林立马明白今晚校长邀约所为何事，其作东之人其实就是蔡觐文。

谭寿林一下子就明白了，蔡觐文请他和李镇峰赴宴，还抬出了甘校长，一定与昨天学联缉获了他的启昌什货铺五百箱日本火柴有关。

就在昨天，学联的巡查队在启昌什货铺附近的码头上，发现了一艘装有瓜果蔬菜的农用船。从船舱上面看去，仅有几箩筐瓜果蔬菜，并无异常。

不过，这几日，谭寿林特别关照巡查队员们，要密切注意启昌货号的动向。身为商会会长，蔡觐文在和学联谈判时，态度并不积极，达成的三条约定，完全是迫于谭寿林义正辞严的陈述，再加之反帝之大势所趋，迫不得已才签下自己的名字的。而这一运动让启昌货号停止日货销售，必然会有利益之损。谭寿林认为，蔡觐文决不会老老实实让自己的利益遭受损害，而是要变换花招与学联对抗。蔡觐文在贵县根基颇深，从他的内心并不会真正把学联放在眼里的。因此铤而走险的可能性非常大。

学联巡查队员得到会长谭寿林的提醒，自然对启昌货号格外留意。尽管货号码头上停靠的是装瓜果蔬菜的农船，几个同学还是多瞄了几眼，一时没有发现什么不正常的苗头。有人提议，再看看此船靠岸后如何动作，若无可疑，再行离开。

果不其然，巡查队员从一旁观察着，总也不见货号的伙计将船中的瓜果蔬菜抬上岸，他们迟迟不动，似乎在等待什么。

其实，巡查队员有所不知，船上的伙计行船靠岸之际就已经发现了学联的巡查队员。他们当然知道，自己的蔡老板再怎么“牛”，私运日货也不是什么光彩之事，更犯不着和学联巡查队员硬碰硬，没有必要当着巡查队员的面将日货抬上岸，引起不必要的纠缠，在蔡老板跟前也没有什么好果子吃，轻则遭受一顿臭骂，若因此闹得不可开交的话，那就连饭碗都保不住了。于是，船上的伙计采取按兵不动之策，以不变应万变。料想，巡查队员过不了多会子，发现不了异常，自会离去，到时候再卸货不迟。

他们哪里知道，巡查队员们就从他们的按兵不动中发现此船有些可疑，其船舱中的瓜果蔬菜显然是一个掩护。这会儿，这几箩筐瓜果蔬菜迟迟不动，不仅成不了掩护，反而暴露出船上一定藏有其他私密之物。

巡查队员紧急行动，一方面稳住此船，不能让它转移地方；一方面迅速向谭寿林报告，再行组织力量准备投入抢夺日货的战斗。

很快，上百名学联的同学簇拥着谭寿林来到农船停靠的水码头。只见谭寿林一个健步跃上农船，厉声喝道：“移开箩筐，打开船底舱板！ 学联巡查队对此船进行例行检查！”

“嘭！”“嘭！”“嘭！”

谭寿林刚在农船上站定，几个同学紧随其后，也跳上了船。船上的伙计顿时紧张起来，“你们这帮学生娃，想要干什么？”“你们可别瞎来，这可是蔡会长货号的船！”“与蔡会长作对，到时候叫你们吃不了兜着走。”

真是做贼的心虚，谭寿林只是一声断喝，吓得几个伙计乱了阵脚，七嘴八舌地叫嚷起来，妄图吓唬住这群学生娃。

“我再说一次，现在学联巡查队要对此船进行例行检查，跟蔡会长无关，请你们配合。”谭寿林眼睛盯着船舱底部，心里头已经悟到下面肯定有见不得人的勾当。原来，谭寿林脚踏上船的前舱，就发现此船非寻常农船，而是农船改装加了底部夹层的。细看就会发现，此船船帮子比普通农船要高，船舱却比普通农船要浅。再加上谭寿林上船时健步一跃，脚落船板，踩出的是空声响，此船底部的不同寻常，早就被他识破了。

原来，巡查队同学向他报告情况时，他就断定如果要有问题，肯定是船经过改装加了底部夹层。如果船无底部夹层，私货难藏，也就不会有多大问题。因此，他的健步一跃，重重落到船上，看似年轻人不经意的动作，其实是谭寿林精心设计的测试夹层的方法，不显山，不露水，一跃之中有了判定。

既然此船设有夹层，那私运私藏的嫌疑在所难免。

在谭寿林的严肃要求下，船上伙计只得乖乖移开箩筐，打开底部夹板，一箱一箱日造“舞龙”牌、“舞狮”牌火柴出现在谭寿林和巡查队员们眼前，暴露在光天化日之下。经过清点，这批“舞龙”牌、“舞狮”牌日本红磷式火柴竟有五百箱之多。

“私运日货是卖国行为！”

“坚决抵制日货！”

“坚决和私运日货的行为作斗争！”

“蔡觐文破坏条约不得人心！”

水码头上，上百名学生群情激愤，纷纷振臂高呼口号，吸引了不少当街行人围观。启昌货号的伙计见此阵势，深知寡不敌众，反抗毫无意义，只得弃船而逃，赶紧向主子报告。一群群情绪高昂的爱国学生，将从船底舱搜查出来的五百箱火柴，抬上岸，浩浩荡荡缉回了贵县中学。

蔡觐文得知自己货号五百箱火柴被缉，真是气不打一处来。吩咐家丁，将前来报信的几个伙计，一一吊将起来，好一顿棍棒伺候。

这几个穷鬼，打死了也换不来五百箱火柴呀！那可是，能够变成大把大把叮当作响的银锭子的。蔡觐文意识到，再火冒三丈，哪怕是十丈，也没有用。必须想法子让五百箱“舞龙”“舞狮”，“舞”回启昌铺子里来才是正经。

常言说，人在矮檐下不得不低头。这刻儿，他也只好放下商会会长的架子，设宴邀请谭寿林这样的毛头小伙子。说实在的，他蔡觐文从来就没有把谭寿林这个学生联合会会长放在眼里。一个学生娃，也当会长？跟我这个会长平起平坐？笑话！如今这世道，就是乱。这一乱，才轮到他们这帮孩子王闹腾闹腾。不过，能闹腾起什么大浪？笑话！

可不管你蔡觐文再怎么认定轰轰烈烈的学生运动是个“笑话”，现在五百箱“舞龙”“舞狮”可在谭寿林这帮学生娃手里，你不低头也不行啊。

想到这一点，蔡觐文反而心里没底了。因为谭寿林他们这帮学生娃，未必就吃自己的这一套。好在，他还有县中甘修已校长可用。想来由甘校长出面，请两个毛头小伙子，应该不在话下。只要谭寿林能来赴宴，碍于校长之面，他总得喝上几杯吧？待酒过三巡之后，我蔡某再施以手段，不愁他小小年纪的谭寿林不“上钩”。

蔡觐文并无什么新鲜招数可耍，无非是金钱诱惑之类惯常伎俩。

出乎他意料之外的是，谭寿林和李镇峰进得酒楼包厢之后，一见蔡觐文就直奔今晚主题，当着甘校长的面，明确告诉蔡会长，学联巡查队员缉获启昌货号五百箱火柴，肯定是要焚毁的，请蔡会长打消其他妄想。不仅如此，蔡会长身为一县商会会长，刚刚与学联签订了抵制日货的条约，自己的货号就带头违约，必须向学联、向广大民众作出检讨和承诺，否则难以服众。学联有权力发动新示威游行，责成县府罢免其商会会长之职。

"望蔡会长好自为之！"

"甘校长见谅，学生不能在此赴宴，先行告辞。"谭寿林一番义正辞严的陈述之后，没容蔡觐文作任何表示，也没有给甘修已开口的机会，便拽着李镇峰大步跨出了包厢。

一手端着酒杯，一手拿着塞有一百元现钞的红包，蔡觐文十分尴尬地愣在哪里，一动不动。这一刻，他说什么，做什么，都是显得毫无面子，无济于事。最后，只得将酒杯重重地叩到餐桌上，十分不悦地对甘修已说了句："不愧是贵校长教育出来的好学生啊！"

"鸿门宴"没有能让蔡觐文如愿以偿。他知道，对付谭寿林这样的愣头青，"软"的不行，唯有来"硬"的。没过几天，蔡觐文竟然让县官刘天佑坐着四抬大轿亲赴贵县中学为自己的五百箱火柴说情。

县官老爷来到贵中，校长甘修已诚惶诚恐，战战兢兢，亲自给刘天佑打开学校大门，将刘天佑迎到校长室坐定之后，将谭寿林、李镇峰和高耀光三名学联领导人叫到刘天佑面前，听候县官老爷训诫。

坐在校长的宝座上，刘天佑一边故作轻松地吹了吹手中的茶盏，一边冠冕堂皇发话道："学生爱国热情是可嘉的，商人初次误犯，情有可原，本县体恤发还，不准焚烧。"

望着高坐校长宝座之上的县官，谭寿林毫无畏惧之态，而是沉着冷静地回应道："谭某个人不能代表数以千计的广大同学之意见，待开会讨论集中大家的意见之后，再为奉告。"

“你就是谭寿林？ 小小年纪，别在我面前耍什么滑头。 本县的决定，不容更改，所扣五百箱火柴必须退回，若有违背，休怪我刘某不客气。”此时的刘天佑，没想到一个小小中学生如此强硬，如此不给面子，有些恼怒，口气严厉起来。

谭寿林并没有被县官的强压所吓倒，针锋相对地回答道：“这是我们学生的爱国权利，任何人不得侵犯！ 让日货进入贵县，就是支持日本帝国主义的经济侵略，强迫学生交还日货，就是帝国主义的帮凶！”

刘天佑在谭寿林的斥责下，哑口无言，无言以对，只得灰溜溜地离开了贵中。

而此时，贵中的操场上，谭寿林正对全场九百多名同学大声通报与县官刘天佑谈话的内容，并鼓舞同学们坚决与不抵制日货的一切行为、一切势力作斗争！

“我们不怕威胁！”

“焚烧缉获日货！”

九百多名同学群起而呼，汇聚成一股巨大的抗日浪潮。 整个操场，顿时成为了爱国热情喷发的海洋。 听！ 口号声，呐喊声，欢呼声，响彻操场上空，激荡着每一个热血学子的心田。

“出发——”随着谭寿林一声令下，在操场集会的同学们，自觉形成一条长龙，前面的同学抬着一箱箱印有“舞龙”、“舞狮”标志的日本火柴，勇敢地跨出校门，走上了县城的大街。

这样一支充满爱国热情的示威游行队伍，这样一支充满青春朝气的战斗力量，洋溢着初生牛犊不怕虎的豪情，散发着“舍得一身剐，敢把皇帝拉下马”的壮烈，他们一路高呼口号，雄赳赳，气昂昂，穿过了一条又一条大街，数以千计的贵城百姓被他们吸引，加入了他们的行列。

贵县沸腾了！ 一场声势浩大的抵制日货示威游行，威震八桂大地。

当抬着五百箱日本火柴的游行示威队伍经过商会和启昌货号门口

时，扬言要派商团，动用武力从学生们手中抢回五百箱火柴的蔡觐文，吓得再也不见踪影了；当抬着五百箱日本火柴的游行示威队伍经过县政府时，企图以县官之势压制学生勒令退还五百箱火柴的刘天佑，躲在家中再也不敢口出狂言了；当游行示威队伍行进至县城郁江南岸时，谭寿林一声令下："就地焚烧！"

"好！"

"好！"

一些搬运工人加入了焚烧日货的队伍，一些船民加入了焚烧日货的队伍，他们和同学们一起在河边点起了熊熊大火，被风席卷着的烟柱如苍龙一般直冲云霄。此时的郁江南岸成了沸腾的海洋，大快人心！

如此壮怀激烈的场面，怎么能不留下珍贵的一页呢！谭寿林事后在焚烧现场的图片上，挥笔写下掷地作金石之声的八个大字：

当仁不让，爱国为先。

第三章

整个谭家岭都轰动了！从贵县中学传来喜讯，谭寿林考入北京大学国文系预科班啦！

那是1921年9月的一天，谭家岭的乡亲们欢喜得跟过年似的。人们奔走相告，喜笑颜开，为谭家岭自古到今出了第一个大学生而高兴，为世世代代面朝黄土背朝天的农民家中出了一个要到京城读书的人而高兴。这不，村上几个父老发起，组织了平日里喜欢唱唱跳跳的村民，给谭家送喜报来了。

远远的山路上，只听得“咚咚哐——”“咚咚哐——”锣鼓喧天，不时还夹杂着鞭炮爆炸声，“嘭——啪——”“嘭——啪——”

只见送“喜”的队伍中，有敲锣的，有打鼓的，有放鞭炮的。他们边敲打，边行走，边放鞭炮。一行人簇拥着一支彩麒麟，欢快前行着。决定着整支队伍行进速度的，是手持大红喜报的一位父老。此老者，留着花白胡须，却剪得一个板寸头，一看便知精气神足得很。这在生活并不富裕的乡民中，已属难得。

整个送“喜”队伍中最吸引人眼球的，当为被人抬行，走在前列的彩麒麟。这只以大红、金黄为主色的纸扎麒麟，可谓是栩栩如生。其龙头、鹿角、狮眼、虎背、熊腰、蛇鳞、马蹄、牛尾，每一处都形象逼真，看得出扎此麒麟者，乃民间高手。尤其是麒麟的头，得龙首之神韵；麒麟的角，得鹿角之俏拔；麒麟的眼，得狮眼之威猛；麒麟的背，得虎背之宽厚。当然，最让人眼前一亮的，乃是遍及麒麟周身的金光闪闪的鳞片。这鳞片，让麒麟散发出祥瑞之气，叫人喜不自禁。无怪乎，麒麟被人们称为吉祥之宝，祥瑞仁兽。

在几个父老眼里，谭家出了个“大学生”，且是京城著名学府的“大学生”，跟早先“状元及第”，也差不了多少。因而，他们这才想到仅仅给谭家送一张“喜报”还不够，还要送“麒麟”。这里补说一句，其实谭寿林其时考取的只是预科班，还不是严格意义上的“大学生”。可谭家岭的乡亲们哪里管得了这许多呢，祖祖辈辈，世世代代，以种田为业，谁曾想，这村上也能出“大学生”？现如今谭寿林考上啦，乡亲们高兴啊，开心啊，能不热闹一番，喜庆一番么？当然要热闹，要喜庆。

村民们自然也有内在的想法，如今谭寿林考上了北京大学，这有了破天荒的第一个，接下来家家户户教育自家子女，就有样板了。这谭寿林树了个好样子，谭家岭的后生们应该努力攻读，奋力跟上才是。有了第一个，这第一个之后就该有第二个、第三个……为了这一点，也应该为谭家大张旗鼓地庆贺一番。

等到送“喜”的一行人马快到谭家门口时，谭家安排接应的人立即点放鞭炮，以示迎接。“噼噼啪啪——”“噼噼啪啪——”“嘭——啪！”“嘭——啪！”此时，谭寿林家那座普通的农家院落内外，大小鞭炮齐鸣，鞭炮声不断；村民们进进出出，络绎不绝，欢笑声不断。大家伙儿都赶着到谭家，亲自登门，向谭寿林的奶奶，向谭寿林的父亲、母亲表达一份祝贺之意，表达一份喜悦之情。

“接喜报——恭迎麒麟进谭府——”

随着谭家门口接客者一声高喊，谭家上下老老少少，恭恭敬敬依序立在院落门楼内侧，恭迎手持“喜报”的父老。此时，谭寿林的父亲代表全家向几位父老一一躬身行礼之后，颤抖着双手从为首的父老手中接过大红“喜报”，激动得仰天高喊：

“老天爷呀——我谭家终于出人啦——”谭寿林的父亲一行热泪夺眶而出。

这可是个地道的庄稼汉啰，心头积压了太多太多的苦涩与辛酸。不容易啊，一个开门就有十来口人张口吃饭的贫困之家，很多时候是吃了上顿愁下顿，地里打下的粮食有时还不够缴租子的，日子怎么过哟？小寿林上学读书，一直是上上停停，辍学复读，再辍学，再复读，磕磕绊绊，哪有富裕家庭的孩子那么便当？好在老天爷开眼，自己的娃儿争气，几年寒窗苦读，终于考入了北京大学。这真是破天荒的大喜事呢！不仅谭家门庭开天辟地出了第一个远赴京城高等学府就读之人，就连整个谭家岭，四邻八乡中，也从来没有出过一位像谭寿林这样的“高材生”。谭父的一声高喊，直刺青天，回响九霄。身为人父，他也终于在今天，因为儿子的考取而释怀了。

老祖母身为母亲，她自然理解儿子手接“喜报”那一刻的感受。她老人家并没有过多责备儿子在父老面前的“失态”，而是领着孙子、儿媳一一向送“喜”的人们奉茶、敬烟。谭家庭院内，谭家一家人欢天喜地，喜气洋洋，比过年还要热闹，还要开心。

这刻儿，彩麒麟被恭迎进了谭府客厅神案之前，寿林在父亲的引领下，来到神案前，和父亲一起焚香行礼，告慰谭家列祖列宗。

连日来，谭家岭沉浸在谭寿林“高中”的喜庆氛围之中。寿林一家大小，继续殷勤招待着登门贺喜的乡亲，端热茶，递纸烟，拱手作揖，躬身相送。

这在谭家来说，如此待客，已经是用了很多心思。要知道，就是过年过节，寿林的父亲也不会舍得买一盒纸烟的。

所有这一切，还是老祖母变卖了一只玉镯，难题才得以化解。那可是戴在老祖母手腕上大半辈子的一只玉镯哟，为了疼爱的孙子顺利到北京就读，她老人家将它交给自己的儿子，变卖掉了。

儿子考上了北京的高等学府，将要读大学了。这是终日以耕作为业的父母亲想也不敢想的事情。人家常说祖坟上冒青烟，谭家一门有子弟赴京城读书，也真是一件光宗耀祖的大喜事！激动。开心。一大家子无一例外，都激动着，开心着。可平日里掌管着这一大家子日常生活的谭父谭母，在激动、开心之余，又多了一份忧愁。要知道，寿林此去北京读书，急需一笔不小的费用。想想从贵县到北京，路远迢迢，车船费少不了，进学校之后各种学杂费一大堆，以后一个人在北京生活，日常开销也少不了。总不能让读了大学的孩子，走出去还是一副穷酸相吧，那样孩子在别人面前也抬不起头呀！

这两口子，一想到孩子去北京上学，需要一笔不小的开销，内心暗自着急犯愁呢。他们面对上门道贺的乡邻，面带微笑，喜笑颜开，应有礼数一个不少，可到了夜晚上床之后，两口子愁容难掩，怎么也想不出给儿子筹取北上费用的法子。

这一切，早已被祖母看在眼里。祖母心里主意早已拿定，“这一回，就是遇上天大的难，也不能阻拦我孙儿到北京求学之路。”

一天夜晚，老祖母将儿子媳妇叫到自己的床前，谆谆告诫：“寿林孙儿此番北上读书，再难也不能耽搁。晓得你们两口子这些天面上开心，心里头犯愁。我这把老骨头，说不定什么时候说没就没了。留着这玉镯，也派不上再大的用场。寿林读书的费用就出在这只玉镯上！”老祖母边说边将玉镯从手腕上除下，递到儿子跟前，“尽量变卖个好价钱，好让寿林读书费用稍许宽松些个。”

“姆妈，这可万万使不得。这些年来，家中再苦再穷，也没有动用你的这只玉镯。难道你老人家忘了，这只玉镯，是留给你百年之后的。”儿子说什么也不肯接母亲退下来的玉镯。他和媳妇都知道，家里最贵重的就剩母亲这只玉镯了，这是老父亲在世时交代过的，此物留给母亲百年归天之后置办寿衣棺木之用，家中再难也不允许动用，否则就是不孝！

“姆妈，你还是收回玉镯吧，寿林去北京读书的费用，我和他爸再想法子。天无绝人之路，总归能想到法子的。这一回，我们一定听你的，决不耽搁孩子去北京读书。他是我们谭门一大家子的希望。”儿媳妇此时也和自己丈夫一起劝婆婆收回玉镯。

“你父亲订的规矩，那都过来多少年头了？他把这一大家子扔下来，走了，走了这么多年了。他哪里晓得你领着这一大家子有多难啊！现在，寿林去北京读书是一等一的大事，超过这个家里所有的大事！既然玉镯在我手上，我就做得了这个主。你们两口子给我听好了，寿林将来是会为谭家增添光彩的，是能够光宗耀祖的。他在北京上学读书，所需一切要全力支持。我这把老骨头，日后怎么包包扎扎，好办得很。”老祖母态度坚决，对自己的后事说得轻描淡写，完全没有当作一回事。

“姆妈既铁了心要变卖，儿子只有不孝了。”寿林的父亲在双手接过玉镯的那一刻，双膝“扑通”一声跪在自己的母亲床前，泪水噙满眼眶。寿林的母亲，也随丈夫双膝跪地，早已泣不成声。

自己疼爱的孙儿，要去数千里之外的北京读“大学”了，老祖母开心呢，高兴呢，跟着忙里忙外，乐得合不拢嘴，细眯着眼，活脱脱一个笑佛儿。

可老人家内心也有着一份不舍呢。寿林这孩子，打小就比家里其他孩子机灵、懂事、勤快，能做一些力所能及的家务，这倒在其次，他学习刻苦认真，学习成绩在众多同学中间，一直数一数二，这让老祖母开心呢，真开心，比走路捡到金银珠宝还开心。

虽说随着寿林由邻近的小学，升到县城中学，他与家的距离也由起初的几里路，拉长至几十里，他在家里的时间越来越少，陪伴奶奶的时候也越来越少。可即便是这样，他每学期都还能从贵县回三塘几趟，奶奶隔几个月总还能看上自己的宝贝孙子。

现在，这个宝贝孙子真的长大了，翅膀硬了，要飞到更遥远的北京求学去了。这广西与北京之间，那可就不是几十里的距离啰，这中间相隔着千山万水，万水千山呢，再想见一面，不那么容易啰。老人家的心里，也有点儿酸酸的。

她数着孙儿在家里的天数，自己亲自上灶台，想方设法为孙儿做样把他喜欢吃的菜。你看她，把寿林宝贝得什么似的，还想抱着惯，惯不够。不行啰，奶奶越来越矮，孙子越长越高，奶奶无论如何再也抱不起孙子来了，再想和小时候一样惯，也不行了，现在惯着不像了呢。

是啊，现在的寿林已经长大成人，他已经是一个二十五岁的大小伙子，英俊挺拔，一表人材，再也不是多年之前，拿着扫帚畚箕满院子跑，和奶奶抢着干家务活儿的“小机灵”啰。

这下，真的要离开了。

离开自己的家，离开疼爱自己的奶奶，离开含辛茹苦养育自己的父母，离开共同生活的兄弟姐妹们，离开……

谭寿林其实心里也和奶奶一样，盘算着离家的日子。他沿着小时候常走的坡道，一步一步丈量着，往昔的岁月一幕幕，似屏幕镜头一般，浮现于脑海。

再也听不到私塾馆里，老先生满怀自得地和自己一唱一和、出口成联的吟诵之声了。不远处的黑山头上，再也听不到那只母狗的吠叫；学堂外空荡的池塘里，早已不见了那只母鸭游弋的倒影；学堂内，再也找寻不到那一张张无比熟悉、充满稚气的面孔。

狗仗人势的六湖地主老爷，再也不能带着家丁前来三塘老九爷家收租了。那老实本分的老九爷早就离开了人世，结束了他贫寒辛劳的一生，但愿他在那个世界生活得能好一些，那只大黄狗应该会陪伴在他身边吧？

横行乡里、鱼肉乡民的三塘公局的老爷们，也早已不见踪影了。残破不堪的公局寓所，人去房空，唯有大门上一副长联，还残留着两个淡淡的“，”。

人哪，怪呢。虽然说自己从小就有“孩儿立志出乡关”的志向，现在真的要走出这一步了，内心还是有太多的不舍。

此时的谭寿林，心里十分清楚，此番的离开，决不仅仅是从谭家岭去了北京。此番的离开，意味着自己将走上一条全新的人生之路。

这条路，有阳光雨露，也会有冰雪寒霜；有一帆风顺，也会有惊涛骇浪；有平坦大道，也会有崎岖曲折；有鲜花盛开，也会有荆棘丛生；有欢乐幸福，也会有悲伤忧愁；有理想之光，也会有黑暗陷阱；有……也会有……在谭寿林看来，这需要自己用一生来填写，这是一条漫长的征途！

经历了“五四”的洗礼，谭寿林向往光明、向往真理、向往正义、向往进步，所有这些，在他的心中都愈益坚定而执着。

踏进古典园林一般的北大校园，风华正茂的谭寿林无疑是兴奋的，是新奇的，于兴奋、新奇之中，又充满着期待和向往。直到一个人的出现，终于让他如愿以偿。

沙滩北街上，坐北朝南，矗立着一座“工”字形西式建筑。这座建筑，因其通体用红砖、红瓦修砌而成，便成了北大校园内名噪一时的“红楼”。整座红楼，在阳光的照射下，并没有因其红而火热，相反，给人一种静谧之感，似乎让人从其身上感受到某种内在的力量。

若要说在此楼住过的精英、名流还真是不少。在这座四层大楼的第二层，二〇八室就住着校长蔡元培——赫赫有名的大教育家。与蔡校长同在一层，还有两位必须介绍：一位是时任北大文科学长、《新青年》杂志主编的陈独秀先生；另一位，则是文坛旗手鲁迅先生，其时鲁迅先生在北大教授《中国小说史》，在二楼扶梯对面为他设有专门休息室。而那红楼一层西面的第二阅览室，则是青年毛泽东在北大工作过的地方。需要向读者诸君特别介绍的是，在这座大楼的第一层东南角的一一九室，就住着李大钊先生。

作为在中国传播马克思主义的先驱者和中国共产党的主要创始人之一，李大钊正是在这座“红楼”内，潜心研究马克思主义，写下了《庶民的胜利》《布尔什维主义的胜利》等文章，热情讴歌俄国十月革命的重大意义，他在文章中这样预言：

由今而后，到处所见的，都是 Bolshevism 的凯歌的声。人道的警钟响了！自由的曙光现了！试看将来的环球，必是赤旗的世界！

李大钊的《庶民的胜利》《布尔什维主义的胜利》和他 1918 年 7 月发表的《俄法革命之比较研究》一文，共同构成了中国无产阶级和进步知识分子，拥护十月革命，接受和传授马克思主义的重要标志。而他 1919 年 9 月、11 月，在《新青年》第六卷第五号、第六号上连续发表的长文《我的马克思主义观》，则第一次全面系统地阐述了马克思主义理论的三个重要组成部分：唯物史观、政治经济学和科学社会主义。他的这些重要理论成果，无疑为中国共产党的建立提供了坚强有力的理论基础。

据当时身为北京共产主义小组十四个创建成员之一的张申府回忆：在李大钊的领导下，红楼内的一一九室以及红楼内的图书馆成了北大校园内一个研究、传播马克思主义的中心，许多激进的学生经常到一一九室和图书馆，与李大钊先生一起讨论各种新的思潮，同学们也能听到李先生介绍新的思想。大家常这样聚会，探讨中国的出路，寻求救国救民之道。

常来听李先生演讲的进步学生可以开出一长串名单：邓中夏、高君宇、何孟雄、黄日葵、谭平山、谭植棠、许德珩、张申府、范鸿劼、朱克靖、李子州、杨景山、任国桢、王懋廷、王濡廷、刘天章、袁玉雄、李梅羹、谭寿林、于树德、屈武、杨杏佛、萧一山、张仲超、罗章龙、刘仁静、王有德、黄绍谷、王仲强……

本书主人公谭寿林赫然在列！

当谭寿林来到北大，来到李大钊先生身边时，时任北大教授的李大钊，已经在北大开设了“唯物史观”“史学思想史”“现代政治”“工人的国际运动与社会主义的将来”“社会主义与社会运动”等五门课程，亲自编写了《唯物史观》《史学思想史》等专著，并且在北大发起成立了马克思学说研究会和社会主义研究会两个中国最早研究和传播马克思主义、社会主义思想的重要社会团体，开创了在中国大学校园传授马克思主义理论课程之先河。

谭寿林还记得，北大马克思学说研究会在李大钊先生的倡导下，还成立了“亢慕义斋”图书室。据《北京大学日刊》1922年6月22日所载，图书室搜集到马克思主义英文书籍四十余种，中文书籍二十余种。

这是一次在谭寿林脑海中留下深深印记的演讲。这是一次对谭寿林内心世界的洗礼。正是因为这样一次难忘的经历，让谭寿林投进了共产党的怀抱，从此走上了革命征程。

这样极具感召力、影响力的演讲，就发生在北大著名红楼的图书馆内。演讲人不是别人，正是谭寿林一直追随的李大钊先生。

那天，李大钊先生出现演讲现场时，一如惯常的穿着，一身浅灰色长衫，得体，庄重。最是他鼻下那抹黑浓的八字须，飞扬着，彰显着主人的活力和权威。

这是李大钊先生以北大马克思学说研究会名义，发起的一次以“社会主义是否适合中国”为主题的辩论会。

谭寿林扫视辩论会现场时，发现这间图书馆最大的阅览室内座无虚席，来自北京众多高校的教员和学生，早已将阅览室坐得满满当当。

自由辩论环节，各种观点争着亮相，气氛热烈而自由。滔滔不绝畅谈者有之，争得面红耳赤、各不相让者有之。

作为本次辩论会的评判员，李大钊沉着冷静，并不阻止和打断反对者的阐述，而是任由反对者的声音在现场响起。谭寿林在心底暗自佩服，李先生不愧是一个真正的革命者。

当时之中国，正处在东西方文化、思想相互碰撞，多种思潮相互激荡的非常时期。就李大钊自身的立场观点而言，他当然是坚定的社会主义者。然而，面对辩论会上多种不赞成"社会主义革命"的论点，身为评判员的李大钊，并没有急于驳斥，而是让各种意见持有者，畅所欲言，充分表达自己的观点和思想，显示了宽广的胸襟、包容的情怀。

辩论会上，有人借英国哲学家罗素来中国所宣扬的"新实在论"唯心主义、基尔特社会主义，攻击俄国革命，抵制社会主义，一味强调中国必须兴实业、办教育，发展资本主义。还有人打着"社会主义"旗号，反对社会主义。认为社会主义不必从物质上破坏现存社会制度，必须看到国民性中存在的"中庸""妥协""不干涉"基因，现在宣传马克思主义实行社会革命，是反国民性的。更有甚者明目张胆地提出，中国没有真正的无产阶级，不能建立共产党，不能发动真正的社会主义运动，一味反对阶级斗争，天真地希望用劳资协调，在渐变中实现所谓社会主义。

此时的李大钊，并没有担心辩论会被众多错误论调所左右，也不急于陈述，而是耐心地等待评判阶段的到来。

直到辩论会主持人宣布，请本次辩论会评判员李大钊先生上台，对辩论会上众多观点进行评判。

这时，李大钊才从自己的座位上站起来，稳步走上讲台。考虑到室内因素，李大钊评判时，并没有慷慨激昂，而是用温和舒缓的语调，发表自己的看法和见解。评判时，李先生先对辩论会上的几种不同观点进行了概括归纳。他指出：从本次辩论会上，就社会改造和道路问题，主要提有三种主张，第一种是学西方，走资本主义道路；第二种是寻求中国精神文化与西方物质文明相融合的“新文明”；第三种是学习苏俄走社会主义道路。

紧接着李大钊运用唯物史观的观点，将自己所主张的第三种道路进一步进行阐发。他强调，现在各种思潮、观点可谓是五光十色，各种“主义”层出不穷，如无政府主义、无政府工团主义、互助主义、新村主义、合作主义、泛劳动主义、基尔特社会主义、伯恩施坦主义……凡此种种，诸位很难弄清哪一种才是改造中国社会之良方。

第一，社会革命在于客观的经济变动，而不在于主观的愿望，有人主张注重国民的“中庸”等精神基因，实质上是一种“唯理主义”的“唯心论”，反对阶级斗争，主张社会“改良”；第二，生产力推动生产关系变革，决定了社会主义代替资本主义不可避免；第三，资本主义私有制和生产的无政府状态，不能消除大多数人的贫困，中国已经成为世界资本主义侵略的对象，要想发展实业、富国富民，不能走资本主义道路，只能选择社会主义；第四，中国已经有相当数量的无产阶级，受压迫，受剥削，其程度比其他阶级要深，只有依靠无产阶级推翻剥削阶级的压迫，建立中国共产党，才能救人民于水火。

李大钊的评判，既没有咄咄逼人，也没有观点强加。他的一番阐释，言之有物，言之有据，言之有理，让一些反对“社会主义”的听众，改变了看法，认为李先生强调的社会主义必然到来的观点，是一针见血的唯物史观的观点论，令人信服，李先生评判过程中始终自信而淡定，也实在让人折服。

由于这次辩论会的成功举办，现场不少听众，尤其是一些进步学生，萌发了进一步研究马克思主义的浓厚兴趣，北大马克思学说研究会的会员，一下子增加了一百多人，从发起时的五十人，发展壮大到了一百五十多人。谭寿林也就是在这个时候，由于这次辩论会的举办，被吸纳为北大马克思学说研究会的第二批成员。

这期间，他又结识了同在北大读书的广西同乡黄日葵、陈居玺。此时的黄日葵、陈居玺，已经是北京共产党支部的成员。正因为如此，才能于几年之后，谭寿林在黄日葵、陈居玺的介绍下，秘密加入中国共产党，成为一名光荣的中国共产党党员。

加入北大马克思学说研究会之后，谭寿林接受李大钊先生直接教导的机会就更多了。他和黄日葵、陈居玺等进步学生一道，参加了反宗教大同盟、民权运动等大量社会活动。1922 年，他加入了中国社会主义青年团。

思想日渐成熟的谭寿林，宣传马克思主义的热情不断高涨。他积极主动联系在京沪学习、工作的广西同乡，筹备组织了新广西期成会，并于 1923 年 7 月，与黄日葵等其他广西籍进步学生一起，在北京创办了宣传马克思列宁主义思想的进步刊物——《桂光》半月刊。

《桂光》半月刊，虽然创办在北京，却得到了广西爱国学生和进步人士的热烈欢迎。谭寿林、黄日葵他们在办刊过程中，不仅经常利用《桂光》这个平台，刊载《新青年》《向导》《少年中国》等进步刊物上的一些阐释马克思主义观点的文章，而且直接为《桂光》撰稿，用马克思主义的立场观点，来分析广西的时局。

《桂光》的《时事述评》专栏中，就曾发表过《堪注意的陆荣廷》《孙悟空式的沈鸿英》《灰色的黄绍竑》等文章，对广西的封建统治进行猛烈抨击和揭露，让广大民众看清广西旧军阀的统治实质，进而号召广西人民团结起来，共同奋斗，彻底推翻广西的封建统治。

谭寿林他们定期将《桂光》《新青年》等进步刊物，从北京寄往广西各机关团体和学校，使得马克思主义得以在广西传播，使得广西封建统治者的奸恶嘴脸得以揭露，使得中国共产党反帝反封建的民主革命纲领在广西得到了有效宣传。

也就是在这个时候，谭寿林进入北大国文系学习，成为了一名名副其实的“大学生”。此时的谭寿林，在革命思想上，受导师李大钊的影响更深。

说起来，李大钊先生一生都十分尊重青年，信任青年，他认为，“青年者，人生之王，人生之春，人生之华也”。他一直向自己所热爱的进步青年灌输这样的思想，“要拯救中国必须唤起民众，把现代文明输入社会根底，促进民众的觉悟”。

“但靠谁和利用怎样的管道去把现代文明输入社会根底呢?”

李先生认为，“只能靠知识阶级”。

他说:“知识阶级是民众的先驱，民众作知识阶级的后盾。知识阶级的意义，就是一部分忠于民众，作民众运动的先驱者。”因此，“要想把现代的新文明从根底输入社会里面，非把知识阶级与劳工阶级打成一气不可。”

他强调，知识青年不该常常漂泊在都市上，作一种文化的游民，而应当到劳动民众中去寻找自己“安身立命的地方”。他殷切希望，“我们中国青年，认清这个道理”。

很显然，李大钊先生的这一思想，正是中国革命过程中“知识分子与工农兵相结合”思想的源头和雏形。

正是在李大钊倡导的这种思想的影响和教育下，北大一批又一批进步青年怀揣马克思主义革命理想，走出校门，走向工农，他们到北京郊区，到唐山、开滦，到内蒙等北方地区的广大农村，接触民众，了解国情，宣传真理，为“再造青春之中国”上下求索。此时，谭寿林和黄日葵、王尽美等青年学生的身影，出现在了北京郊区的丰台、房山、长辛店。

特别值得一提的是长辛店。这座位于永定河西岸、卢沟桥畔的千年古镇，有着“九省御路”之称。明清时期，这里是距离北京城最近的古驿站，也是进出北京西大道之门户。那时的古镇，商贾云集，酒肆林立，车马声啸，热闹非凡。

这长辛店的五里长街上，就曾留下谭寿林等人太多太多的足迹。祠堂口，一座砖木结构的小三合院内，谭寿林一次又一次登上讲台，给劳工子弟们讲授文化基础知识。在这里，他受李大钊先生的派遣，和其他革命同志共同筹办创建工人子弟补习学校。他深知，没有最起码的文化知识，是不能很好地理解和掌握革命道理，进而投身革命的。清真寺侧，一座法式二层小楼内，谭寿林饱含真情地向劳工们宣讲马克思主义救国救民之真理，宣传和发动工人成立纠察队、工会等组织。他深知，一个人的力量是有限的，一盘散沙是形成不了强大战斗力的，只有把广大劳工组织起来，形成一个团结的整体，才能更好地更有力地向反动势力发起进攻，与他们抗争。

其时，谭寿林已经参加了李大钊领导的中共北方区委和中国劳动组合书记部北方分部的工作，并负责编辑北方分部机关刊物《工人周刊》。走出校门，走向工农之后，特别是在长辛店等地实际从事工人运动组织发动工作的过程，加深了谭寿林对中国现实的了解，对中国工农分子的了解，大大激发了他的革命热情、革命斗志。他把自己的革命理想、革命信念、革命热情，凝聚到笔端，创作并发表了许多通俗生动、明白晓畅、为广大工农所喜爱的革命歌谣。《工人歌》就是在这样的背景下创作完成的。在那个特定的年代里，这首歌谣，被广大工友所传唱，成为鼓舞工友团结起来、奋力抗争的战斗号角。

工人歌

工人吃苦真难当，
自从进工厂，
手劳足又忙。
资本家虐待我，
残酷似虎狼。
工作十二时，
工资又微薄。

上难供父母，
下难养儿郎。
千辛万苦为人作嫁，
谁不心惨伤！

转眼日当升，
革命旗飘扬。
工友们团结起，
奋斗求解放。
有饭大家吃，
有福大家享。
努力去冲锋，
贯彻我主张。
提高工资、缩短工时，
生活要改善。

这首革命歌谣，原载于萧三主编的《革命烈士诗抄》(中国青年出版社 1962 年 6 月出版 增订本)，成了谭寿林宣传发动工人的最好见证。

第四章

谭寿林的北大求学之路，并不是一帆风顺。

1923 年夏，他利用暑假的时间，回到了离开两年之久的老家，见到了日夜想念自己的老祖母。

回家之后的谭寿林，并没有沉溺于家庭亲情，一味享受天伦之乐。他知道，自己有责任，有使命，将自己在北大从李大钊先生那里学到的马克思主义革命理论，带给家乡，带到广西，传播给八桂大地上更多追求真理、追求进步、向往革命、向往光明的仁人志士。由此，他也成了广西历史上最早的马克思主义真理传播者之一。

回到无比熟悉的母校，往昔的学校生活一幕幕浮现在谭寿林的脑海。四年的贵中读书生涯，谭寿林畅游在浩瀚的知识海洋，求知欲获得了极大满足。四年共有八个学期，他凭七个学期学习成绩全班第一、一个学期全班第二的总成绩，为自己贵中的学习生活画上了圆满的句号。为此，他也由刚进校时被一些城里公子哥、娇小姐讥讽为"村巴佬"，最终被同学们誉为"谭督军"。

在这四年中，谭寿林的人格塑造得到极大提升。他并不看重自己的文章经常被老师拿来贴堂、示范，他看重的是自己的文章被老师、同学们所理解，产生思想上的共鸣。他清楚地记得，自己临近毕业的那一年，有一次，国文老师陈丽书，将自己的《张良论》一文，和补修科预备班罗尔纲的论文《韩信论》一起在校园内"贴堂"，成为全校关注一时的热点，校中师生引以为奇。而他直抒胸臆、一挥而就的檄文——《谈让》，因有"当让则让，不当让则不让，现在帝国主义欺侮我们，侵略我们，则绝不应让"这样立场鲜明的阐述，受到学校保守势力的攻击，令谭寿林无比愤怒。胸怀忧国忧民思想和挽救中华抱负的谭寿林当然不会畏惧、退让，只能因此激发起更为高昂的斗志，奋勇前行。其实，在贵中，"五四"进步思想与反动势力的斗争从来就没有停止过。相关情况，容稍后再述。

当然，四年的学校生活也会留下青春美好的记忆。面对眼前的大操场，谭寿林耳旁似乎回荡起同学海潮般的呼喊，"加油——加油——"

一群充满青春朝气、充满生命活力的青年学生出现在大操场上，那只在他们脚下不停飞旋的足球，迅疾变换着方位。队员们冲锋，争夺，防守，一轮一轮攻防转换。

"传——"

"快传——"

“射——射门——”

“球进啦——”

“噢嗬——球进啦！”

场上队员们激战正酣，更多的同学则在球场四周尽一份“拉拉队”的责任。谭寿林恍惚中，似乎看到了球场上，脚下带球，奋力奔跑的自己。

有更重要的工作在等待着自己，如今再想回到这足球场上几乎是不可能的了。

贵中学生礼堂内，数以百计的学生早已坐满了整个礼堂。一张张洋溢着青春气息的脸上，充满了渴求，充满了期待。今天的礼堂里，将有两个演讲嘉宾分别给学生们作主题演讲。同学们翘首以盼。

当身着西服、打着领带的贵中现任校长陈勉恕和同样身着西装、系着领带的谭寿林共同走上礼堂主席台的时候，同学们惊呆了。两位堪称“雄姿英发”，集帅气、霸气于一身，一下子吸引了全场男生女生的目光。细心的女生还是发现了两位才俊的不同之处：陈校长剪了一头短发，干练而精神，透露着果敢刚毅的气息。谭学长则是一头浓发，乌黑而茂密，彰显出活力和斗志。

“今天我们很荣幸地请到了北大的高材生，在我们贵中有‘谭督军’美誉的校友，你们的学长谭寿林先生，回到母校给同学带来‘五四’发祥地最新气息，他将为同学们作主旨演讲。他演讲的题目是：《贪官污吏、土豪劣绅的成因》。掌声欢迎谭寿林先生——”

谭寿林在陈勉恕校长相迎着登上礼堂主席台，和同学挥手示意之后，便退至主席台讲台一侧，静候陈校长的介绍与引见。此时，谭寿林方从主席台一侧健步走到讲台跟前，再次挥起双臂，向台下众多的学弟、学妹们友好示意，之后，开始了他的演讲。

借着谭寿林演讲的当口，有必要向读者诸君介绍一下这贵县中学和现任校长陈勉恕。

贵中原本是一座修建在城守署旧址之上的古老学堂，始建于清光绪三十年，也就是公元1904年。首任校长为贵县名绅陈继祖，他可是一个受清末“百日维新”影响最深，行为最为激烈的晚清秀才。正是由于陈继祖“百日维新”时引领时代潮流，开贵中一代校风，之后一波接着一波，薪火相传，到陈勉恕担任贵中校长一职，已经是十数年之后的1922年秋天。这位毕业于北京高等师范、深受五四运动影响的新派人物，担任校长后的第一个动作，就是将学校的“修身课”内容改为宣讲马克思主义内容。之后，施行了一系列“新政”：创办女子小学，开设图书馆，订购进步书刊，成立学生会，组织体育比赛，邀请思想进步的老师来校向学生灌输革命思想。

这样一来，贵中就成了当时贵县进步力量特别是爱国人士和学生与当地守旧封建势力和反动政府斗争十分激烈的所在，新旧两股势力、两种力量的交锋、角逐，不断在贵中上演。据毕业于1926年的贵中校友罗尔纲在《贵中旧事》一文中回忆，当时，从北京回来的陈勉恕，在贵县旧派眼里，犹如“洪水猛兽”一般，极力反对贵中对陈勉恕的任命。时任贵县教育局长、贵县参议会议长的罗润亭，不是别人，正是罗尔纲的父亲。罗润亭明知旧派势力强大，还是顶着压力，让陈勉恕顺利走上了贵中校长之位。然而，陈勉恕被任命不到两三个月，罗润亭的教育局长和参议会议长两职都被旧派解除了。

贵县封建旧势力再张狂，也不能阻止陈勉恕追求理想、追求真理的脚步。1923年夏，他利用去北京考察教育的契机，专程到北大寻访同乡谭寿林、黄日葵，怀揣共同理想、胸怀远大抱负的谭寿林、黄日葵、陈勉恕三个热血男儿，一经思想上的碰撞，便火花四溢，每人心中都燃起了一团熊熊热火。他们彻夜长谈，深入交流对当前局势的看法，对共产党，对中国革命，都有了新的更为深刻的认识。陈勉恕也经由谭寿林、黄日葵二人的介绍，顺利加入了中国社会主义青年团。

这才有了现在，陈勉恕邀请谭寿林返回母校，宣传马克思主义新思潮，并作反帝反封建的主题演讲。谭寿林演讲之后，陈勉恕再次登上讲台，也作了题为《何谓共产党》的主旨演讲。

“我们要民主！我们要科学！”

“一切劳苦大众联合起来！”

“向封建恶势力宣战！”

随着谭寿林、陈勉恕高亢激昂、充满激情的演讲，礼堂里，时而掌声雷动，时而鸦雀无声。

他俩的语调时而低沉，时而愤激，时而激越，时而高昂，抑扬顿挫，起伏跌宕，紧紧抓住年青学子们的心。同学们时而为两位才俊精彩的阐释报以热烈掌声，时而为他俩愤怒的控诉和揭露振臂高呼。马克思主义思想的光辉，俨然已将这座城署旧址之上的古老学堂照亮！

凭着一股革命热情，谭寿林、陈勉恕一鼓作气，紧接着在县城最为热闹的圩心街作公开演讲，谭寿林同样以《贪官污吏、土豪劣绅的成因》为主题展开自己的演讲，陈勉恕也同样以《何谓共产党》为题向现场民众进行宣讲。

一时间，圩心街交通阻隔，店铺提前打烊。工厂做工的工人，店铺里的店员，学校里的教师和学生，还有附近乡间的农民，闻讯而动，纷纷赶往圩心街。

谭寿林、陈勉恕慷慨激昂的演讲，拨开了劳苦大众心头久久积压的愁云，让他们于黑暗与凄苦之中，看到了光亮与希望，让他们感到这往后的日子似乎有了盼头。对于向往革命、追求真理的进步教员、学生来说，谭寿林、陈勉恕的演讲，无疑在他们的心头亮起了一盏明灯，在他们徘徊、迷惘的时候，指明了前行的方向，给他们以坚持自己理想信念的信心和继续前行的力量。

这可是贵县有史以来的第一次，马克思主义经由谭寿林、陈勉恕的演讲，第一次在八桂大地上回响！至此，贵县揭开了传播马克思主义的崭新篇章。

回乡的日子总是短暂而匆忙。转眼之间，谭寿林必须告别亲爱的同志。这里补述一句，由于与陈勉恕志同道合，在以后的革命生涯中，谭寿林和陈勉恕成为了并肩战斗的战友，一起为党工作，一起经历风险，一起经受考验。这是后话，此处不叙。

必须告别家中的亲人，特别是年逾七旬的老祖母。再难舍难分，也得分。谭寿林自然爱自己的家，爱自己的亲人，然而，他自己心里清楚，他的家人们也清楚，他的心里装着的已经不仅仅是一个家庭和几位亲人，有更多更重要更有意义的工作在等着他，他必须离开这里，必须告别亲人，别无选择。

可是谭寿林心底还有一件事，如鲠在喉，到这当口，再难以启齿，也得讲。如果此次回来，不能筹措到学费，那自己在北大的学业就无法继续下去。这样一来，他多年努力完成学业的梦想将会付之东流，盼望自己学成归来、光宗耀祖的老祖母，以及自己含辛茹苦的双亲也会失望而内疚。可是，他实在是身无分文，难以为继。

一餐简陋不堪的祝寿宴，在谭家庭院内正在举办。

谭寿林的父亲满含愧疚地端起自己跟前的酒杯，对前来为母亲祝寿的族人和亲友招呼道："今天是母亲大人七十一岁寿辰，实在寒碜，仅备薄酒一杯，聊表全家上下的一点心意。我们全家感激不尽。今寿林儿从京城返回，确有一事，羞于开口，无奈事关他北京学业，以及今后的前途命运，做父亲的今天也就觍着一张老脸，向在座各位开口相求，恳望各位族人、亲友能慷慨解囊，以解寿林儿学费之困境，我全家当感激不尽，铭记不忘。作为寿林儿的父亲，我替他向大家鞠躬行礼！有一句话，必须说到，各位族人、亲友不必勉强，不必为难。"

谭寿林父亲言罢，躬身行礼，满饮此杯。

分坐庭院各桌上的门上族人和亲友，听得谭寿林父亲一番酸楚言辞，心中都为寿林担心，他们都有一个共同的想法，再怎么难，也不能让寿林就此重回谭家岭，无论如何也要想尽一切办法，给寿林筹措出一笔学费。

于是，族人年长的父老，带头捐助，他十块，你十五，纷纷起身将自己的心意送到谭寿林手上。 族人和亲友的善举，感动着谭寿林，感动着谭寿林全家。

老寿星，颤颤巍巍，起身替自己疼爱的孙儿答谢：“多谢各位族人，多谢众位亲友，此番让一大家子捐助，相信寿林孙儿会铭记于心，更加发奋读书，终将有一天，成为有益于社会的人，成为一个为谭家祖上增添光彩的人。”

族人和亲友们的举动，确实令寿林感动。 这时，他上前扶奶奶坐下，十分激动地向大家致谢：“各位长辈，各位亲友和门上同宗，寿林我眼下，确实学业上碰到学费之困，家中实无力解决。 今祖母寿诞，蒙一大家子慷慨解囊，解了寿林燃眉之急，寿林感佩五内，当铭记终身。 但是，在今天这样的场合，寿林有句话，还是不得不说，万望能谅解包容。”

“寿林，不要有一丝一毫顾虑，有什么话，但讲无妨。”

“是的，是的，但讲无妨！”

餐桌上，不少族人、亲友主动发话，打消寿林顾虑。 大家的心都紧紧贴在了一起。

“如此，请随我饮尽面前一杯水酒，寿林方敢造次。”

寿林言罢，举杯行礼，满饮一杯。 之后才说道，“我这会儿，要向各位长辈、族人、亲友们招呼在前的是，这一次，你们或多或少，都为寿林的学费给予了资助，使得寿林学业得以继续，感激之情自不待说。 然而，有一点，今天的资助，如若想着有一天，寿林学成归来，到贵县混个一官半职，之后，为族人、亲友谋取私利，那将是万万不能的。 借今天祖母寿诞，寿林也言明心迹，让各位长辈，各位族人、亲友知晓，寿林此生决意信奉马列，追求心中理想，向往光明前景，立志为劳苦大众谋利益，不惜粉身碎骨，绝无悔意与退缩。”

“好！”

“寿林有志气！”

“我们不拖后腿，请寿林放心！”

“我们盼望着你成为栋梁之材的那一天！”

“来，我提议——为寿林这样的志向、抱负，干一杯！”

“干一杯！”

“为有志青年干一杯！”

并不像样的寿宴，反而因谭寿林一番陈述达到了高潮。在场的族人、亲友早就忽略来到谭家吃了什么，他们为寿林而骄傲，为寿林这一番心迹流露而骄傲。众人饮下了满怀期待的一杯水酒。

杯水车薪，谭寿林从家乡父老那里所筹措的一点学费并没有能维持多久，当他在北大国文系读完一年级之后，也就是 1924 年的夏天，因家中经济困难，实在难以为他支付学费，于是他只得忍痛辍学，到北京女子师范教书去了。

说起来，他能到北京女子师范教书，还是他的导师李大钊先生出面关心的结果。其时，李先生在北京女子师范开有《女权运动史》《史学思想史》《社会学》等课程，依然利用学校讲台传播马克思主义，培植革命火种。当他得知谭寿林家中困难，无法继续学业时，便将其介绍到这所女子师范，协助自己教授《女权运动史》《史学思想史》《社会学》等课程。

然而，1924 年秋季开学之际的“女师风波”，让谭寿林和他的导师李大钊，再也无法在此校教书了。

其时，由于南方多地水灾，再加之江浙一带遭受战争影响，一部分女师学生返校延误了一两个月之久。时任女师大校长的杨荫榆，抓住几名平时思想激进、不服管教的学生没有按规定时间报到的“茬子”，以整肃校纪为由，严令她们立即退学。杨的这一不顾客观事实，武断粗暴的处置方式，引发了广大学生的不满。同学们集体发起“请愿运动”，为被责令退学的同学鸣不平。态度强硬的杨荫榆，并没有顾及学生们的感受和诉求。结果，事态愈演愈烈，导致“驱杨运动”在校园兴起。一时，一些进步教师也参与到了“驱杨”行列。这当中就有谭寿林和他的导师李大钊。

面对这样的境遇，谭寿林自然很难再在女师任教。女师无法再待下去，也让谭寿林失去了唯一的经济来源，而完全地离开了北大课堂。

经历过风吹雨打的谭寿林，此时已经成长为一个自觉的革命战士，生活的艰难，并不能阻止他追求真理、奔向革命道路的脚步。他，义无反顾地，全身心地投入到了革命工作之中。

而女师“驱杨运动”演变成为“三一八”惨案，鲁迅先生为此写下了著名的《纪念刘和珍君》这一战斗檄文，称 1926 年 3 月 18 日是“民国以来最黑暗的一天”，这已经是谭寿林离开女师以后的事了。

第五章

梧州，“地总百粤，山连五岭，唇齿湖湘，襟喉桂广。”其地理位置十分重要。梧州，历来被誉为“三江总汇”“两广咽喉”“广西门户”，其水运尤为发达，沿西江而下，可抵达广州、香港、澳门出海；沿西江而上，可通达南宁、柳州、桂林，接通云贵、湘楚。

1925 年冬，谭寿林以一个全新的身份踏上了梧州这样一块重要之地。在其后一年多的时间里，他把自己变成了一个播火者，将马克思主义的火种，将中国革命的火种，播遍了梧州，播遍了广西，播遍了整个八桂大地。梧州，由此而成为了广西宣传马克思主义、反帝反封建的前沿阵地，成为了中国共产党组织发动工人运动、开展革命斗争的中心。

这一年冬，省立梧州二中，新来了一位国文教员。此人还担任了梧州《民国日报》社的社长，以及广西宣传员养成所的讲师。

他不是别人，正是从北京回到广西的谭寿林。

谭寿林此次回到梧州，实际上是中共中央根据大革命日益高涨的新形势，作出的新决策。为了重视和加强广西梧州的党组织建设，中共中央决定，从北方抽调一批党员干部到南方工作，谭寿林就是其中之一。

其时，中共中央已经把梧州地方党组织建设摆上了十分重要的位置，曾于 1925 年秋，派周恩来同志秘密来梧州检查指导地方党组织建设工作。

由于当时广西新桂系李宗仁、黄绍竑、白崇禧已经击败旧桂系的陆荣廷，统一了广西全境，并且新桂系公开表示接受广州国民政府的领导。此时，国共两党正处于合作共事阶段，两党对“北伐”均采取积极支持之姿态。对此，中共中央审时度势，就“两广”党的革命工作作出决策：巩固广东革命根据地，积极发展革命力量，迅速移师北方，把革命推向全国。周恩来同志秘密来到梧州，就是为了传达党中央的战略部署。

周恩来同志，当时公开身份是黄埔军校政治部主任兼国民革命军第一军政治部主任，在共产党内部的职务为中共广东区委常委、军事运动委员会书记。他的才干，在“两广”地区早就颇负盛名，地方上的各路军阀，既敬佩周恩来的才干，又惧怕和他接触，唯恐自己的部队受其影响而难以掌控。因此，他们对于周恩来采取敬而远之的策略。

周恩来也深知新桂系李宗仁、黄绍竑、白崇禧等人葫芦里卖的是什么“药”。他们虽然公开接受广州国民政府的管辖，表现出一种积极革命的姿势，实际上是地地道道的“口头革命派”，以“革命”二字为掩护，行投机革命之实，暗地里肆意霸占地盘，扩充军队，壮大个人势力。

知己知彼。周恩来此番梧州之行，采取了避免打草惊蛇的策略，身边仅有一名随行人员，与其结伴作回乡探亲之旅。

梧州城区临近西江的大同酒店，三楼的一处普通客房内，一位青年男子正和围坐在他身边的四位同样年轻的男子交谈着，不时在笔记本上做着笔记。但见他身穿灰色中山装，内着白衬衣，一身衣着整洁淡雅，朴素大方。再看其外貌，脸庞略显清瘦，然而双目炯炯有神，尤其是那一双浓黑剑眉，透露出十足的英武之气。他就是周恩来同志。

一贯严谨细致的周恩来，自知来梧州人地生疏，因而前一日夜间由广州坐轮船到梧州时，并没有急于登岸与地方党组织负责人接头联系。直到第二天清晨，方由随行的警卫员到梧州《民国日报》编辑部，联系上了时任共青团梧州支部书记龙启炎。龙启炎公开身份便是梧州《民国日报》总编辑。

在龙启炎的安排下，周恩来这才住进了大同酒店。出于对周恩来同志安全的考虑，给他安排的客房比较僻静，他的警卫员则安排在邻近左侧，如有人来往必须经过警卫员房间门口。龙启炎之所以让周恩来同志入住大同酒店，一来是因为整座酒店临江而建，如遇突发情况，水陆两路皆可利用，比起仅有陆路通道的酒店，应变的机动余地大得多；二来，这大同酒店内部有可信赖的人。在大同酒店工作的黄发捷，是一名共青团员，直接归龙启炎领导。黄发捷的哥哥又是这家酒店的股东，这家酒店的经理，还是黄发捷的亲戚。有了这层关系，安全自然多了一份保障。

时间紧急，周恩来一住进酒店顾不上休息，就由龙启炎召集时任共青团梧州支部组织干事周济、宣传干事钟山，以及共产党员李血泪等人，来到酒店开会。龙启炎首先向恩来同志汇报新桂系李宗仁、黄绍竑、白崇禧等人的丑恶行径。龙启炎介绍道，李、黄、白之流一面高喊革命口号，一面大做烟土、轮船生意，与地方上的土豪劣绅、官僚买办沆瀣一气，狼狈为奸，欺骗压榨工会、农会、学生会、妇女会等新兴群众组织，排除异己，安插亲信，培植个人势力，可谓是司马昭之心路人皆知。

接着李血泪汇报了青运、妇运工作情况。周恩来听得很细心，笔记几乎没有停下来的时候。他特别询问了广西军队的动向，问得很细，“人事派系”“兵员实力”“武器装备”“军政素质”“军纪作风”等，他都一一查问。

由于龙启炎他们对当时武装斗争的重要性认识不足，因而对广西军政方面的情况了解不多。幸好在场的几个同志当中，周济曾经在享有“新桂系奠基人”之称的陆军中将马晓军主持的武博公路兵工总办当过工程主任，因而对广西军政情况尚算熟悉，才避免了对恩来同志的发问完全不能作答的尴尬。

周济向恩来同志汇报道：

“广西军阀新桂系，分白话、官话两大派系，白话派系以容县人为多，如黄绍竑、夏威、韦云淞等，苍梧、玉林、粤西籍军人亦属此系，首领当然是新桂系三巨头之一的黄绍竑。官话派系以桂林籍为多，两湖、江西籍部分军人亦属此系，如胡宗铎、陶钧等，首领为新桂系另外两大巨头，李宗仁、白崇禧。”

周恩来对周济介绍的情况很感兴趣，频频点头。

周济继续说道：“李、黄、白三人表面上‘亲密无间’，暗地里勾心斗角，内部斗争很激烈。常常在人事任用、部队编制、饷械分配、驻地划分等问题上，争吵不休，各不相让。”

恩来同志不断询问，反复鼓励周济将自己所掌握的情况说得越细越好，让周济和在场的其他同志一下变得轻松起来，没有了与周恩来刚见面时的紧张，也没有了担心回答不出问题的忐忑。

原来，龙启炎书记通知周济来大同酒店开会时，态度十分严肃地对周济说过，“你今天着装要整齐一点，上级有个领导同志要见我们。”龙书记知道周济，平时多跟工农群众打交道，自然不需要讲究穿什么衣服的。线衣、褂子，哪样都能穿着出行。

“谁？”周济少有地反问了一句。在特殊的年代，这样的问话是不可以的，斗争形势严峻的情况下，上级领导的安全需要保证，领导人的行踪是保密的。

说实话，恩来同志要来，让龙启炎本身就兴奋不已，再加之其时国共合作，龙启炎也就破例回了周济的问话：“是恩来同志！”

“好啊！要见到恩来同志啦！”周济一听就抑制不住自己的兴奋之情。

当周济把自己收拾得干干净净，来到大同酒店周恩来下榻处，一见恩来同志本身也是一身便装，心里的紧张劲儿就放松了许多。可当听到恩来同志问起广西军政方面的情况，大家伙儿一下子紧张起来，不知道啊！此时，周济只有自告奋勇，勇往直前了。

谢天谢地，恩来同志对自己的回答还比较满意。这时，周济就着装，反过来问了周恩来一个问题：“恩来同志，你现在是黄埔军校的政治部主任，也是中国国民革命军第一军政治部主任，怎么不带着护卫，身着戎装，公开西上，反而作此秘密之行呢？”

周恩来同志面部表情一下变得严肃起来，说道，“等会儿，正想谈谈这个问题。”

周恩来认真地告诫在场的几位同志，尽管现在处于国共两党合作阶段，我们的同志也还是要清醒，要警惕，在合作中要保持独立，要有两手准备。

周恩来同志进一步指出，国民党中也有左中右。他们中的左派，现在占上风，奉行“三大政策”，是革命的，我们共产党人应与之真诚合作。他们中的右派，对“三大政策”是不满的，灭共之心不死，如果他们得势，背叛革命，就会向我们开刀。所以，我们要有两手准备，每一个革命同志时刻都要注意保护自己。保护好自己，就是保护党的战斗力量，这是我们的事业走向胜利的基石。

说到这里，周恩来站起身来，临窗望着窗外滔滔西江，意味深长地说，你们要立足梧州，沿江西上，扩展全广西！

紧接着，周恩来同志代表中央和广东省委对做好梧州工作发表了重要指示。他对梧州的同志在很短的时间内就建立了共青团支部，组织起了一批工会、学生会、妇女会等群众团体表示满意，对梧州的同志们在“五卅”“六二三”运动中，发动群众，掀起反帝、反封建斗争热潮等给予了充分肯定。之后，他向在场的同志介绍了全国革命形势，勉励大家乘胜前进，争取更大成绩。明确指出，党准备在广西建立自己的组织，作为革命斗争的领导核心。现在的当务之急，是要重视农民运动。他指出，广西工业落后，产业工人很少，群众运动基础在农民。要发动农民，普遍建立农民协会，大力开展“二五减租”，让农民得实惠，争取农民的拥护。

会议结束时，周恩来同志再度提醒龙启炎，要迅速发展共青团组织，推动广西革命斗争的进一步发展。恩来同志最后明确表示，党中央不久会抽派得力同志前来广西，以加强广西党组织建设工作，推动这里的革命斗争事业蓬勃发展。

周恩来同志离开梧州不到三个月，谭寿林同志便奉命前来梧州担任中共梧州地委书记。龙启炎担任中共梧州地委委员兼组织部长，周济担任中共梧州地委委员兼工运负责人，另有两名候补委员。至此，共产党在广西的第一个领导机构就这样诞生了！至 1926 年底，先后担任中共梧州地委委员的还有林培斌、钟山、马英、毛简青等。

身为中共梧州地委第一任地委书记，谭寿林深知自己肩负的重要历史使命和重任，唯有全身心地投入到革命工作之中。

他利用自己梧州《民国日报》社长的身份，和时任梧州《民国日报》总编辑的地委委员龙启炎同志等密切配合，在梧州《民国日报》及其副刊《冲锋》上，发表大量政论、诗歌、小说等作品，宣传革命思想，传播马克思主义。1926年1月29日的梧州《民国日报》的《冲锋》副刊上，就刊发了谭寿林撰写的一则题为《怎样想出一个发财的办法》的文章。一看文章的题目，通俗易懂，似乎没有什么深文大意。然而，当阅读者被文章标题所吸引，阅读此文后便会发现，文章大有深意。谭寿林在深刻论述了广大劳苦大众贫穷落后的原因之后，旗帜鲜明地号召所有受苦受难、受压迫、受剥削的人们，大家要想发财，摆脱贫困，就必须团结起来，打倒帝国主义，打倒封建主义，打倒军阀和土豪劣绅。

正是由于谭寿林巧妙的构思、深刻的论述，让一篇原本"俗不可耐"之文，散发出了马克思主义思想的火花，成了鼓舞广大工农民众奋起反抗旧势力，追求光明、投身革命的号角。

1926年元月21日，是列宁逝世两周年纪念日。谭寿林在省立梧州二中，发起组织了"纪念列宁逝世两周年演说会"，持续时间达十一天之久。

在连续演讲的这十一个晚上，梧州二中的礼堂里，都是座无虚席。谭寿林、龙启炎、毛简青、粟丰、罗如川等众多我党的领导同志、骨干分子先后走上讲台，发表演讲。他们演讲的题目有《列宁主义与中国民众》《帝国主义的末日在哪里》《列宁的奋斗精神》《从第一国际到第三国际》《列宁的成功在哪里》《国民革命与阶级斗争》等。

特别值得一提的是，谭寿林在这次"纪念列宁逝世两周年演说会"上发表了题为《苏联革命成功的要点》和《最近的国际趋势》的演讲。尤为引起轰动，被民众广为热议的则是《苏联革命成功的要点》，谭寿林在这篇演讲中，详细推介了列宁领导的俄国十月革命的成功经验，宣传了列宁关于殖民地民族解放运动的思想，号召大家学习列宁的革命精神和"善于运用策略"的工作方法，走"十月革命"之路。这篇演讲稿，曾在1926年2月3日的梧州《民国日报》刊发，让更多人对"列宁主义"有了更为深刻的了解。现不妨将此文摘录部分如下：

谭寿林在论及“俄国共产党人”“看不清楚客观环境”，都主张“还得等待时机”时，这样陈述道：

可是列宁先生与他的党徒的意见就不同，列宁极力主张：“要统治已濒于无政府状态的革命之武力，就须取得政权。”他说：“政权获得之后，即可命令调得军队应战，先将土地归还农民，后将主要的产业开始使其社会化。”他又说：“俄国土地广漠，气候寒冷，德国与协约国都不能出兵进攻俄国，推翻俄国的苏维埃政府。”……经过列宁先生的说明，俄国共产党就完全同意，我们看此，就明白列宁先生在当时是何等眼光，如何能观察客观的环境。

谭寿林在论及列宁“善于运用策略”时，这样陈述：

十月革命爆发了，克伦斯基逃亡了，那时列宁先生是怎样呢？他就主张：“前线立刻停战”“农村土地委员会获得地主财产的暂时所有权，以待法律解决。”“工人管理工厂，以满足兵、工、农之渴望。”……为着保持苏维埃政权计，就用军事共产政策，用食粮均配法，以供给国家机关，这种方法虽是不得已的事情亦是列宁应付环境的策略，但非永久的，至1921年以后，反革命已完全扑灭，他又按照当时的客观环境而施行“新经济政策”，对于工业有三种办法：(一)出租企业；(二)租供区；(三)小生产。对于农业，则废止“食粮均配法”而采用“亲粮课税法”。这政策一实行，使苏联生产程度增加，得从事建设事业，苏维埃政府一天比一天巩固。更有一层，列宁先生很彻底的明了，要巩固苏维埃，要完成世界革命，要各国无产阶级革命成功，尤须要联合殖民地、半殖民地中的弱小民族，援助其民族革命，列宁先生民族问题之政策，现在一天天的显明，一天一天的有实效，如英国的工人已渐左倾，法国的共产党已日有发展。……尤其是中国的国民革命势力一天天的高涨，帝国主义在中国的地位，根本动摇，帝国主义者对付这些民族革命，已十分狼狈，哪更有工夫云对付苏联呢？因此，苏联在国际上的地位，更为巩固，在革命的一方面说，则世界革命的大本营。

谭寿林在此演讲的最后这样陈述：

以上所述，都是苏联革命成功的要点，我们站在国民革命战线上的同志，我们留心考察，我们自己问一问自己，中国国民革命现在为什么尚未成功？中国国民党员在今日至少要多五六倍于1917年的俄国共产党员，为什么中国国民党的力量没有1917年的俄国共产党的力量那么大？这些都是我们要反省的。同志们！我们要努力，训练我们自己，训练我们中国国民党，使之成为一个能够革命的党，记着，这是我革命青年的责任！

在谭寿林的领导下，梧州人民革命斗争，风起云涌，势不可当。1926年2月，中共梧州地委通过梧州国民党市党部，领导梧州各界举行声势浩大的援助“省港罢工周”宣传活动。

时值丙寅年春节期间，由工会、妇女会、学联、对外协会、市党部、县党部、总商会、广西宣养所、民船工会等九团体联合发起的筹款募捐方案，得到了梧州市民热烈响应。2月15日、16日两天，也就是大年正月初三、初四，位于梧州城南环路闹市中心的大光公司游乐场门外热闹非凡，人山人海，川流不息。当时媒体这样描绘：市民们购券入场听演说、看演剧者，“甚为踊跃，座至不能容人，……沉寂之梧市至此而变为热烈庆闹之盛象”。

2月17日，也就是正月初五，梧州社会各界援助省港罢工周大会在大光公司游乐场剧院举行。工会组织了工人方阵，妇女会组织了妇女方阵，总商会组织了商人职员方阵，学联组织了学校师生代表方阵，民船工会组织了船工方阵……谭寿林从剧场主席台上一眼望下去，黑压压的一大片，满眼都是支持罢工的人们，有万人之众。

大会在中共梧州地委委员、大会临时主席周济的主持下召开，市党部、工会、学联、妇女联合会、广西宣养所等单位代表纷纷上台发言，谴责英、法帝国主义对罢工工人犯下的滔天罪行，声援罢工工人“封锁”“禁运”“罢工”等正义主张。谭寿林不仅在大会上作重要演讲，而且在大会上提出了《罢工工友应负起国民革命先锋队之使命，强固组织，奋斗到底》《全国革命民众一致拥护复工条件，及予充分的援助》《国民政府对省港罢工工友，应善为爱护以鼓励其革命勇气》等三项提案。

当谭寿林高声宣读提案之时，剧场内万众欢呼，群情激愤。大会一致通过了三项提案，并向省港罢工工友、全国各报馆转全国各界民众、广州中国国民党中央党部国民政府发出通电，表示：“本市各团体举行援助罢工周大运动，冀作精神上和物质上的援助，誓为罢工工友之后援。”大会将募捐所得五百元银币全部汇给省港罢工工友，还推选周济、李血泪等为代表，携“敬祝省港罢工工友努力奋斗到底”锦旗专程赴广州，看望慰问罢工工友。

大会结束之后，上万民众一起涌上街头，举行了声势浩大的示威游行活动，一时间，整座梧州城似点燃烈火一般，到处都燃烧着对英、法帝国主义的怒火，民众的爱国热情空前高涨。在此影响下，梧州各地的群众运动亦成燎原之势，势头极为迅猛，工会、妇女会、学联等组织迅疾发展壮大。

1926年6月7日，梧州第一次工人代表大会召开，一百九十三名工人代表出席大会。大会决定改梧州工会联合会为梧州工会代表联合会，并选举中共梧州地委委员钟山担任梧州工会代表联合会委员长兼常务委员会主席。当时，联合会拥有行业工会二十一个，发展会员九千六百五十人。

代表大会召开的这一天，梧州各工会均停工一天，数千工人手持红旗，走上街头，庆祝大会的召开，拥护大会的决定，响应大会的号召。一时间，梧州大街小巷，彩旗招展，歌声嘹亮，游行队伍浩浩荡荡，工人们意气风发，神采飞扬，共同庆祝新的工会组织的诞生。到这一年底，梧州的工会发展到了近三十个，百分之九十以上的工人都加入了工会组织。据统计，当时梧州拥有工会会员已经占全市总人口的六分之一。

随着共青团梧州地委的成立，随着《妇女之光》期刊的创办，梧州的青年运动和妇女运动，也得到了快速发展。这里，有一个人不得不提，那就是广西第一个女共产党员、广西妇女解放运动的先驱——李省群。

毕业于苍梧县立女子师范学校的李省群，脚步踏入社会之时，正是革命大潮风起云涌、爱国运动如火如荼的非常时期。在学生时代就追求真理、向往光明的李省群，很快成长为广西妇女运动的主要领导者，自编自导自演街头话剧，宣传反帝反封建的意义。有趣的是，她还女扮男装，反串剧中男性反派角色，惟妙惟肖，生动传神，每每登台，都能赢得观众热烈的掌声和满堂彩。据知情者介绍，当时，每逢有“妇联演文明戏”的消息、海报，便是万人空巷，轰动全城。

不仅如此，李省群还蘸墨挥毫，将宣传号召妇女解放的口号、标语，张贴到城区街巷。“到民间去！”“被压迫的各阶级大联合！”“要求妇女根本解放！”“妇女的敌人是统治阶级、帝国主义、军阀、宗法社会的一切制度！”“反对封建礼教！”“反对三从四德！”“男女社会地位平等！”“男女同工同酬！”“反对买卖妇女！”“妇女婚姻自由！”“妇女必须参加革命才能获得解放！”这些口号、标语，充分体现了妇联组织反帝反封建的革命宗旨，代表了被压迫、被剥削妇女的利益，极大地鼓舞了广大妇女群众。

她在《妇女之光》期刊的发刊词中这样写道：

我们知道而且相信妇女的人格并不低于男子，……妇女运动乃遍全世界，中国不能自外于世界，广西更不能自外于中国，故广西的妇女界随世界的妇女界沉沦了数千年，今也随世界的妇女界而觉醒，对于犹未觉醒的妇女促其觉醒，觉醒之后联合起来，在社会国家以至于世界表现我们妇女界应有的人格，务求与男子平等互尊。

不难发现，李省群这篇《发刊词》，以其犀利的文笔，开阔的视野，严谨的论述，向旧的封建阵营投掷出了一枚重磅炸弹，很好地鼓舞和动员了广大妇女投身革命运动。

正是由于李省群能很好地把准大方向，紧紧依靠谭寿林书记的领导，队伍迅速壮大，仅两三个月，妇联会员就达到了三百多人。

也正是这位李省群，在国民党反动派发动反革命政变，共产党人不断遭到搜捕、杀害的危急关头，她并没有被白色恐怖所吓倒，而是将个人安危置之度外，脱下知识女性的白衣黑裙，换上农妇衣衫，与谭寿林假扮夫妻，坚持在广州从事革命斗争。此是后话，容后面详细叙述。

这时的谭寿林，足迹遍布梧州、贵县、桂林、柳林各地城乡。他把自己变成了一团火，热情似火地工作，走到哪里，燃烧到哪里，革命的火种就播撒到哪里。

他曾于 1926 年春，回到自己的家乡谭家岭组织开展农民运动。在唱歌岭，在圣岭，在大冲肚，在汶泉岭，在六湖村，在下庙岭……谭寿林看到的是贪官污吏依然故我，土豪劣绅横行乡里，劳苦大众仍然受压迫，受剥削，在水深火热之中煎熬。他挥笔写下了《打倒土豪劣绅》《牛鬼蛇神之桥圩团局》等揭露当时黑暗现实的战斗檄文。据谭寿林的弟弟谭寿钦回忆，当年发表在梧州《民国日报》上的《牛鬼蛇神之桥圩团局》一文，谭寿林就曾用辛辣的笔锋，揭开了那些贪官污吏的丑恶嘴脸。他在文章中这样写道：

……那杨甫周以吹赌为生，包赌包娼，生财有道，公款变私财，年终结账则布告消除，无人敢于过问；若莫德孚，优悠自安，岂孚众望？那刘艺楷，伴食宰相，确实清闲；而梁至隆，更是酒囊饭袋，便便大腹；该李相堂，挂名提督，奔走钻营，无非横床直竹。众皆尸位素餐，不尽其职，至于言及办盗，则猫鼠同眠，不分清浊，匪盗逍遥法外，良民受尽鱼肉。……彼等实则蛇蝎一窝，不外以团局当秦楼楚馆，日则追利逐禄，夜则娼妓同宿……呜呼！牛鬼蛇神之桥圩团局。

谭寿林在拿起笔杆作刀枪的同时，广泛宣传发动当地农民，号召他们“团结起来，向地主要返田”。于是，他依靠当地农协会积极分子，把贫苦农民组织起来，开展抗租抗税，与地主老财作坚决斗争。一次，在三塘圩，谭寿林正在群众大会上发表演说，号召农民们不要怕，不要低头，敢于同地主老财“争”，敢于同地主老财“抢”，团结起来，实行“二五减租”。在场的群众听得热血沸腾，群情激昂，个个摩拳擦掌，准备放开胆子大干一场。谭寿林也正为自己的宣传鼓动在三塘圩受到成效而高兴。

这时，当地一个名叫刘进三的土豪，公然闯进会场，叫嚣着要向县党部告发，前来抓“聚众闹事”的“赤匪”。

谭寿林毫不退让，一把将刘进三拎上了会场演讲台上，与在场群众一起集体声讨其平日里鱼肉乡民的斑斑劣迹，伸张“二五减租”运动之正义。结果让企图破坏群众大会的刘进三，成了送上门来的“活靶子”，最后在众人怒斥之下，似惊弓之鸟，丧家之犬，跌跌爬爬地滚出了会场。

当其时，会场上发出一阵一阵欢呼，“刘进三夹着尾巴逃跑了！”“农会胜利万岁！”“打倒土豪劣绅！”

三塘圩的经历，让谭寿林感受到了宣传和发动农民的重要，周恩来同志当年针对广西实际所做出的“群众运动的基础在农民，要发动农民，普遍建立农民协会，要大力开展二五减租”的指示，此刻仿佛又在自己耳旁回响起来……

在谭家岭的这段日子，谭寿林几乎没有时间回家看望自己的祖母，自己的家人，他不是出现在农协会的群众大会上，向农民们发出战斗的号召，就是出现在“平民夜读班”讲台上，当起了夜读班教员，教农民和农民子弟识字、读书，学唱革命歌曲，明白革命的道理。这期间，他创作出了传唱广泛的《农民歌》——

农民吃苦最可怜，
炎天变冷天。
穷愁不计年，
被地主和豪绅，
吃尽血与汗。
尤恨恶政府，
杂税与苛捐，
穷得没饭吃，
破衣没有穿。
备尝剥削受尽摧残，
提起心痛酸。

革命已高潮，
抓紧好时机。
同胞们快起来，
努力向前边。
牺牲于革命，
心如铁石坚。
革命成功大家携手，
走向安乐园。

1926 年春季过后，中共梧州地委还派出了李征凤、林培斌、黄启滔、罗少彦、陈洪涛等党员，分赴桂林、南宁、柳州、岑溪、容县、玉林、桂平、贵县、武宣、田东、东兰、怀集等十多个县组织开展农民运动，其中，林培斌担任办事处主任的苍梧道，到 1927 年 2 月份，就成立了五百多个乡农民协会，入会农民高达四万三千八百多人。苍梧县的农民运动，正在将谭寿林“像朱砂这样把水染红”的愿望变为现实。

那是在苍梧县召开的一次农民骨干会上，为了讲清组织发动农民运动有何等重要，谭寿林让人端来一碗水，先放着没动。参会的同志，原以为谭书记口渴想喝水，可一看不像。谭书记根本没有喝这碗水的意思。大伙儿怎么也想不出，谭书记要这碗水作什么用途。

就在大家有点“丈二和尚摸不着头脑”的时候，只见谭书记随手从口袋里拿出事先准备好的朱砂，从中捏出少许，放入水碗之中。但见那并不起眼的少许朱砂，在谭书记的搅动中，慢慢地，慢慢地，在水碗里蔓延，溶化，不一会儿，原本清澈见底的水碗，殷红一片。

“哇——”神奇的变化，引来一些女农会骨干的惊呼。

这时，谭寿林才意味深长地对大家说道：“我们要像朱砂这样把水染红！”

“哗啦啦——”

会场上，顿时响起经久不息的掌声。大家都被谭书记生动形象的教育方法所感染，一个个都感受了自己的重要和肩负责任的重大。

其实，谭寿林早已将自己变成了一粒“朱砂”，为了“染红”梧州，“染红”广西，“染红”整个中国，使之变成“赤旗的世界”，而全身心地投入到革命斗争之中。

第六章

梧州市中心。建设路兴仁巷四号。这原本是一座寻常小楼。楼高三层，为砖木结构，呈“青砖小瓦”明清建筑风格。小瓦，自然铺设于楼顶，青砖则垒砌于墙体。这栋坐西北、朝东南的小楼，因其通体由小青砖砌成，看上去似乎少了些许华丽与时尚，略显简朴平实。这样一来，让整座楼变得十分安静，而不为人所注目。

可是有谁知道，这座外表寻常的小楼内，曾经上演的那一幕幕广西早期共产党人的革命斗争故事，是多么的不同寻常，是多么的惊心动魄、荡气回肠；可是又有谁知道，这座外表安静的小楼内，曾经汇聚了多少意气风发、激情似火的年轻生命！ 他们胸怀天下，播种人间，用满腔的赤诚、火热的生命，揭开了中国共产党在广西开展革命运动的最新篇章。

这里，正是中共梧州地委的诞生地。 中共梧州地委机关就秘密设立于此。 小楼的第一层，为广西宣传员养成所讲师、中共梧州地委委员毛简青之住所；二层为中共梧州地委书记谭寿林和梧州团委书记马英办公、生活之所在；三层则是党团活动室。

这栋小楼也曾诞生了广西最早的共产党组织——中共梧州支部。那是 1925 年夏，中共党员毛简青奉中共两广区委之命，前来梧州开辟党的“隐蔽战线”工作。 说起来，这毛简青还真是有些“来头”呢，他的入党介绍人，不是别人，正是大名鼎鼎的毛泽东。 他之所以到梧州来开辟党的“隐蔽战线”工作，也正是毛泽东本人的推荐。

时任国民党广西省党部执行委员的黄绍竑向国民党中宣部要教员，身为国民党中央宣传部代部长的毛泽东亲自推荐了毛简青。 毛简青一到梧州，就租赁下了这栋三层小楼。 毛简青来梧州的公开身份与稍后来梧州的谭寿林，有一点共同之处：广西省宣传员养成所教员。中共梧州地委成立之后，毛简青担任地委宣传委员一职，与谭寿林并肩战斗在广西八桂大地。

算起来，谭寿林在梧州工作，前后也就一年时间。 这一年时间虽短，但在广西革命斗争史上留下了不可磨灭的印记。

在他的领导下，广西共产党组织迅速发展壮大。 中共梧州地委下辖中共梧州工人支部，中共多贤支部，中共梧州妇女支部，直接领导梧州、桂林、柳州支部。 1926 年春以后，南宁、岑溪、容县、玉林、桂平、贵县、武宣、田东、东兰、怀集等十多个县都筹建发展起了党的组织。

这一年的 8 月份，中共广东区委为了加强对广西党的领导，又派时任国民革命军第七军政治部副主任的黄日葵为广东区委特派员，到广西指导工作，并成立了由黄日葵、陈勉恕、谭寿林三人组成的中共广西区委筹备组，同时还抽调了一批党团员分赴广西各地开展革命工作。这样，由谭寿林、黄日葵等脚步最早踏上广西的共产党员点燃的革命火种，很快就在南疆红土地上熊熊燃烧起来。

革命，从来就不是一条坦途。革命力量的快速增长，必然会引发反革命势力的惊慌和仇恨，其结果必然是反革命势力不可一世地、丧心病狂地对革命者实行疯狂反扑、血腥镇压。这里不妨撷取几个片断，让读者诸君感受一下，在1926年那个特定岁月里，谭寿林和他领导的革命力量与当时的反革命力量进行着怎样的抗争与搏击。

“北山通奸案”

梧州北山。凉亭内。月色如水。三个青年人，相坐畅谈。这一幕，发生在1926年5月中旬的一个晚上。只见他们三人，时而举首眺望空中的明月，时而指点傍山林荫道间的绿树翠竹，亭内气氛，融洽而轻松。

“这满眼绿意，淡雅之境，已多时不见也。”三人中的青年男子被眼前清幽环境所吸引，一时感叹起来。

“李部长这阵子够忙的，谭社长抓得紧，‘五卅运动’纪念大会筹备事项千头万绪的，你哪有心情闲逛?”两女子中一老师模样的接了被称之为“李部长”的青年男子的话题。

“李部长、徐老师，你们二位还得谢谢我呢!”那学生模样的姑娘，有些俏皮地说道。

“小谢同学，为何我和你们徐老师要谢谢你呢?”年轻的李部长转身向学生模样的姑娘问道。

“是啊，志道，你告诉李部长和我，我们为什么要谢你?”徐老师紧跟着李部长，问了自己跟前的女学生一句。

“那还要说么，要不是我今天走的路多，脚板儿有点疼，你们也不会陪我在这凉亭中停歇。不在这凉亭中停歇，就看不到这么明亮的月色，就看不到这么幽雅的景致。看不到明亮的月色，看不到幽雅的景致，李部长也就不会如此感叹了。”小谢同学一口气，数豆子似的，把事情的因果关系，陈述得清楚明白。

“哎呀，听小谢同学这样说来，我们还真得好好谢谢她呢。”李部长心情越发欢畅。说心里话，和年轻秀气的徐老师在一起，工作起来都更带劲，更何况是在这幽雅之境，放松身心，彼此畅叙呢。

正当这凉亭中的谈话逐渐之际，“嚯——嚯——”一阵急促的哨音，骤然在空中响起，只见北山脚下，“噼里啪啦”一阵杂乱的脚步声中，一队警察不由分说地冲上凉亭，将他们三人一一扭押起来，无论他们三人怎么反抗，怎么责问，警察们都置之不理。

“我们在亭中观景谈话，你们凭什么抓？”男青年非常愤怒地责问道。

“对！我们究竟犯了什么法？你们这是任意践踏我们的人身自由！我们要抗议！”女教师也在极力反抗着。

“奉劝你们三个，别作无谓的抗争。我们是奉命行事！至于为什么要抓你们，什么原因，我们不知道。不过，到了警察局，你们就全知道了。”终于，有警察开口了。

“不行，你们不能随便抓人。我们不能就这么跟你们到警察局！”小谢同学也挣扎着，不想乖乖跟警察走。

“你们知道我们三个是什么人吗？就随便抓人？”男青年提高了嗓门，大声呵斥道。

“知道。不就是党部的李血泪，女师的徐淑芳和谢志道么？”带队行动的警察，一副心知肚明的样子。

“既然知道，你们还抓人？这不是胡作非为是什么？我要到警察局告你们这帮土匪！”李血泪被点了名，还不分青红皂白被抓，真的肺都气炸了。

正如带队行动的警察所言，无辜被抓的三个人，他们就是国民党梧州党部青年部长、共产党员李血泪，梧州女子师范学校教员徐淑芳和她的学生谢志道。

当谭寿林得知这一情况后，立即召开党团、工运、青运、学运、妇运等多方面组织负责人会议，研究商讨对策。会上，谭寿林指出，这显然是一场早就策划好的有预谋的政治陷害。同志们一定要认识到这一事件的严重性！表面上看，这次仅仅是抓了三个人，其背后隐藏着极其险恶的用心，那就是以此来打击我们刚刚兴起的青年运动、学生运动和妇女运动。

谭寿林进一步向大家详细解释道：现在警察当局，以“不正当男女关系”“共妻共产开端”为罪名，抓捕了李血泪同志和女师的老师和学生。这样的罪名，如果让警察当局认定了，那在社会上将会产生什么样的影响呢，同志们？大家都知道，现在的民众，封建主义的思想还相当浓厚，需要我们去改造。一旦让民众觉得，我们这帮人在一起，整天搞的是见不得人的那一套，还有哪个家庭允许青年人出来投身进步运动？还有哪个家长愿意自己的女儿走上社会，参与到进步组织之中？到那时，我们这帮人都会被反动恶势力和封建旧势力妖魔化，哪里还搞得起什么“青运”“学运”“妇运”！

经过谭寿林书记细致的分析，引起了各团体组织负责人思想上的重视，大家群策群力，青年学生发动起来了！妇女界发动起来了！工人们也纷纷行动起来了！

警察当局被一浪高过一浪的示威浪潮裹挟着，似乎喘不过气来了。有几日，警察局进出通道被阻隔，机关一度陷入无法“办公”的状态。强大的群众运动压力，迫使警察局长不得不出面，对警察在北山的野蛮行为作公开道歉，并且现场宣布李血泪、徐淑芳、谢志道三人无罪释放。

当示威的人群簇拥着获得自由、重返革命队伍之中的李血泪、徐淑芳、谢志道三人时，人群中爆发出的巨大欢呼声，似狂潮轰鸣，威震八荒。李血泪在人群中，不停地向人们挥动着手臂，带头高喊着——

“我们决不屈服！”

“与警察当局等一切反动势力作坚决斗争！”

“不怕流血，不怕牺牲！”

“坚持到底，一定胜利！”

谢志道和自己的老师徐淑芳，相互挽着，行走在示威队伍当中，跟随着李部长高高举起的手臂，奋力高呼着，她俩望着群情高昂的人们，流下了激动的热泪。

“驱崔风潮”

省立二中校园内，“驱崔风潮”愈演愈烈，示威学生将校长崔赞谟的办公室围了个水泄不通。这一幕，发生的时间同为1926年，与梧州警察当局策划的“北山事件”相隔仅一个月。

“释放无辜被拘学生！”

“撤销‘开除令’！”

“崔赞谟滚出省二中！”

“欢迎钟云、李伯奎等同学返回学校！”

学生们示威的声浪，一浪高过一浪，自知理亏的崔赞谟，吓得躲在校长室内，根本不敢露面。

这起“驱崔风潮”，实际上是一次封建保守势力与新生进步力量的较量。由于受“五四”爱国思想的影响，省立二中的进步学生在学生领袖钟云的带领下，向校方提出“集会自由”“结社自由”“男女同校”“反对贪污”等进步主张，引起了当地旧“学阀”何杞、黎植松、崔赞谟、苏民、黎荣燊等人的不满与仇视。

这帮旧“学阀”，感到了新兴进步力量不断成长壮大对自己所在阵营的威胁，于是决定率先在省立二中，向进步学生发难。他们以“整肃校风”“整顿学风”为由，首先开除了学生会主席钟云、共青团员李伯奎等多人。

说起这位钟云，正应了“自古英雄出少年”这句话。1927年12

月 14 日，这位年轻的共产党员在梧州云盖山就义时，年仅十九岁。钟云在省立二中读书时，就以文笔犀利、思想激进而为同学们所推崇，他的一些战斗檄文，都被印成传单，在梧州城广为散发。由于他思想进步，作风大胆，很快就被同学们推举为学生会主席，同时也进入共产党的视野，作为一名重点培养对象，很快就成为了一名光荣的中国共产党党员。

校方原以为开除几个学生，是件稀松平常的事情，不会有多少阻力的。学生中间即使有意见，也只会是一时的不满，翻不起什么大花，掀不起什么大浪，值不得大惊小怪。他们实在没有想到，开除了钟云这样的学生领袖，有如捅了“马蜂窝”，麻烦大了，不好收拾了。

这不，崔赞谟见自己招架不过来了，只好动用警备武装，派出一百多军警武装对示威学生实施反包围，一下子拘捕了十多名学生。

谭寿林接到情况报告之后，迅速召集党团、青运组织负责人秘密会议，决定利用当前国共两党合作的有利时机，发动更大规模、更大范围的学生示威游行，向崔赞谟等人施压，同时组织力量向广西省政府递交诉状，并在《救国晨报》上不断发表文章，披露整个事件真相，营造强大的社会舆论。

一时间，梧州的青运、工运、妇运等社会组织纷纷行动起来，加入到省立二中进步学生的“驱崔风潮”之中。省学联则在全省范围发起了更为声势浩大的学生运动，声援被迫害学生。

迫于日益强大的社会舆论，迫于日益高涨的示威声浪，省立二中校方终于作出了撤销崔赞谟校长一职的决定，被捕学生交由法院宣布无罪释放，包括钟云在内的三十多名被开除学生，全部返回学校，正常继续自己的学业。

“驱崔风潮”虽然在谭寿林领导下取得了胜利，但反动派的仇视之心，并没有因此而停止。此后，国民党右翼势力，则采取更阴险、更卑劣的手段，加紧了陷害、谋杀青年学生的图谋，像钟云这样的学生运动领袖，正是在这样的背景下，献出了年轻宝贵的生命。

“三工人血案”

“给我抓，统统抓起来！ 一个也不能让他们逃掉！”

信孚号搬运场地上，只见一个佩戴“巡察队长”袖章男子，挥动手中的短棒，飞扬跋扈地吆喝着。只见原本在场地上抬运货物的工人，一个个丢下手中工具和货物，纷纷逃散。

那佩戴袖章、挥舞短棒的，不是别人，正是国民革命军第七军驻梧第六旅巡察队队长黄经麟。话说，这黄经麟接到举报，说是信孚商号货运现场有匪徒“勒收行税”，请求第六旅巡察队前来抓匪徒。这举报之人，姓李名镕琨，是“仁生平码行”司理。一个小小的司理，怎么能调动得了国民革命军第七军驻梧第六旅巡察队呢？ 一个小小的司理当然做不到这一点。可，这李镕琨当的是“仁生平码行”的司理，这就不一样了。原来，这“仁生平码行”的老板，是黄绍竑的亲哥哥黄天泽。这黄绍竑，可是新桂系的“第二号人物”，其时担任着国民革命军第七军国民党代表、广西省主席之要职。他哥哥的公司需要第七军下属的第六旅驻梧巡察队出动抓匪，这对于黄经麟来说，那还不是乐得做个顺水人情，举手之劳罢了。

令人奇怪的是，在黄经麟叫嚣着抓人的当口，信孚商号搬运现场，居然有三个人，不慌不忙，没有被黄经麟的叫嚣所吓倒，仍然继续搬运手中的货物。此时的黄经麟，正愁抓不到人呢。既然有人想“束手就擒”，那岂不正中我黄某下怀。

“将他们三个，抓起来！”

巡察队员几乎不费吹灰之力，便将还在信孚商号搬运现场埋头搬运的三个工人羁押了起来。

原以为叫嚣着抓人的巡察队员，是从“仁生平码行”追赶而来，应该跟自己无关。凌二妹、李棠、吴秦三人，根本没想过巡察队员会来抓自己，几乎是没有作任何反抗，就不明不白地被黄经麟指挥的一帮巡察队员拘捕了起来。

“凭什么抓我们？”

“凭什么抓我们？”

“我们犯了什么法？”

凌二妹、李棠、吴秦的责问，黄经麟那一帮人根本不予理睬。

就这样，中华内河轮船总工会桂省分会散工部搬运工人凌二妹、李棠、吴秦三人，不分清红皂白地被关押进了国民革命军第七军第六旅司令部。

这一幕，发生在1926年的8月3日。

三工人被捕后，谭寿林和中共梧州地委的同志们迅速行动起来，发动梧州工人开展反迫害斗争。梧州工代会、中华内河轮船总工会桂省分会接连向第六旅司令部、广西省政府、广西省党部呈文，并安排人到广州向国民政府、中央党部、全国总工会等提起申诉，要求立即释放无故拘捕的三名工人。

令人发指的是，在9月2日这天，气焰极其嚣张的第六旅司令部，竟然以“纠聚无赖，扰乱治安”为由，未经审判，就下令将凌二妹、李棠、吴秦三人杀害，制造了骇人听闻的梧州“三工人血案”。

黑云压城城欲摧。面对封建官僚势力勾结国民党右派军人枪杀无辜工人的暴行，谭寿林率领中共梧州地委的同志们，分头紧急行动起来，全面发动梧州社会各界，特别是工人兄弟们奋起与杀害凌二妹、李棠、吴秦三工人的刽子手作殊死斗争。梧州工代会、中华内河轮船总工会桂省分会和市党部立即派冯德予、郭华俊、周济等代表，前往广州等地，请求国民党中央党部、国民政府、广西省党部、广西省政府、全国总工会，支持梧州工人的正义要求，并呼吁省港工人援助梧州工人反迫害斗争。

此时，全国总工会对梧州工人的正义要求给予了积极响应，多次致电广西省政府和国民革命军第七军军部，要求严惩凶手。梧州各界群众团体也纷纷致电国民党中央及广西省党部，要求对杀害凌二妹、李棠、吴秦的凶手，“从速彻底查究严办”。

很快，为凌二妹、李棠、吴秦三工人申冤呐喊的反迫害斗争，就发展成了一场全国性的反迫害运动。全国各地声援斗争的声浪，咆哮着，怒吼着，一齐涌向梧州。

谭寿林在设法走“上层路线”的同时，不断策划舆论引导，一篇题为《梧州轮船工会为三工友无辜惨被不肖军人枪决事件呈中央党部国民政府文》，详细介绍了整个事件经过。文章一经在9月28日《广州民国日报》刊出，引起了更大范围的震动，成为当时全国最为轰动的事件之一。

10月17日，梧州工代会联合二十四个工会发表宣言，要求“全市工人向党部与政府方面请愿，严重惩戒这种屠杀工人的刽子手，来处罚这种草菅工人生命的买办奸商，不达目的虽牺牲巨大都在所不惜。”

在谭寿林的领导下，10月25日，梧州二十五个工会一万多人在东学塘举行集会示威，再一次向全国发表宣言和通电，并向政府递交了“请愿书”，明确提出了三项请求：一、惩办诬陷三工人的凶手；二、厚恤死者家属；三、切实保障以后不再发生此类事件。限广西省政府一周内满足上述三条要求，否则，实行全体罢工。

梧州工人反迫害斗争，得到了广西各地、广州、香港等工人的支持和响应。尤其是在省港大罢工中，得到梧州工人支持的全港工团罢工委员会也发出了通电，表示香港百余团体十万余万工人，“誓为后盾”，务期达到目的。

“三工人血案”，已经引发全国性影响，这让广西省政府不得不予以重视。为避免事态进一步扩大，广西省政府派出了由秘书长刘介、省党部工人部长黄家直、第七军军法处处长蓝呈祺组成的广西调查善后委员会，来梧州调查。此时，全国总工会也派出秘书长戴卓民到梧州从旁观察，监督“善后委员会”的工作。

“善后委员会”经过调查认定，被害的三名工人，确实没有参与到“仁生平码行”的冲突事件中，第六旅司令部所谓“纠聚无赖，扰乱治安”罪名，完全没有根据，属于诬陷。凌二妹、李棠、吴秦三人，实属无辜枉杀。

此案的发生，缘于“仁生平码行”私运“仇货”被罚而引起。说起来，这“仁生平码行”，名为经营商号，实则走私、贩毒，无所不为。对英、日经济绝交后，“仁生平码行”依仗背后有黄绍竑之权势，继续私运“仇货”，被搬运工人揭发没收，被勒令罚款。黄天泽什么时候吃过这样的哑巴亏？他想的是，从哪里跌倒还从哪里爬起来。此番，雇佣了中华内河轮船总工会桂省分会散工部工人前来，想私运烟土。结果，被工人们严正予以拒绝。

拒绝了“仁生平码行”之后，工人们转向信孚号搬运。这让从来没有吃过下风的“仁生平码行”司理李镕琨怎么咽得下这口气？于是，一个举报到了驻梧六旅巡察队队长黄经麟那里，妄称信孚号搬运现场有匪徒“勒收行税”。唯黄绍竑马首是瞻的黄经麟，自然想卖点儿力气给“仁生平码行”背后的大老板看看，说不定，意想不到的“好处”就来了。因而，他明知凌二妹、李棠、吴秦三人，根本没有参与到“仁生平码行”搬运纠纷之中，也不由分说地将他们三人拘回了第六旅司令部，结果造成了三工人被无辜枉杀。

身为省主席的黄绍竑，迫于多方压力，不得不接受梧州工人“请愿书”中的三条要求，作出了三条回应：一、第六旅副官刘善鸣撤职并罚款两千元，“仁生平码行”司理李镕琨罚款两千元；二、将罚款中的三千元，作死者家属抚恤金；三、广西省政府发出通令，保证以后不再有摧残工人事件发生。

至此，谭寿林组织和领导的梧州工人反迫害斗争，经历了三个多月较量交锋之后，最终以工人阶级胜利而告结。然而，凌二妹、李棠、吴秦三名工人毕竟为此付出了无辜的生命。他们的鲜血，不会白流，值得每一个后来者铭记。

第七章

这是一个风云激荡、瞬息万变的时代，这是一个血雨腥风、荆棘丛生的时代，这是一个苍海横流、风云际会的时代。

身处这一时代，肩负特殊使命的谭寿林，在一系列革命斗争实践之中，审时度势，放眼中国，扎根梧州，以坚忍不拔的毅力、明察秋毫的洞察力，以胸怀天下的胸襟和着眼未来的眼界，谋大势，谋全局，坚持与当时的国民党既斗争，又合作，不断巩固发展党在梧州、在广西的革命事业。

两广统一之后，广西成为了国

民革命军进行北伐的根据地。1926 年 6 月，国民政府正式作出决定：出师北伐，推翻北洋军阀封建统治，实现国民革命胜利！

谭寿林领导的中共梧州地委，通过市党部和工农商学妇等社会各界团体，组织发动广大群众，投身支持北伐战争的洪流之中。

“打倒军阀！”

“北伐成功万岁！”

“国民革命胜利万岁！”

在民众此起彼伏的呼喊声中，谭寿林健步登上主席台，向全场一万多群众大声宣布：梧州各界赞助北伐大会开始！

1926 年 6 月 22 日这一天，尽管天公不作美，“天下大雨，淋漓如倾盆”，但在公共体育场的会场上，冒雨参会的上万名梧州各界群众，仍然是精神饱满，情绪高昂。在雨中，民众们不停挥动着手中的五颜六色的三角小旗，呼喊着支持北伐的口号。

这时，国民革命军第七军军长李宗仁，国民革命军第七军党代表黄绍竑先后登台演讲，宣布北伐！应邀参会的苏联顾问马迈耶夫，也在大会上发表演讲。演讲结束后，梧州社会各界代表纷纷登台，向国民革命军第七军军长李宗仁、国民革命军第七军党代表黄绍竑敬献锦旗。

“打倒军阀！”

“北伐成功万岁！”

“国民革命胜利万岁！”

大会结束时，上万群众高举着彩旗，一起涌上街头，举行支持北伐游行。他们时而挥舞彩旗，时而振臂高呼。天空中不停飘洒的雨，也不阻止他们前进的步伐。浩浩荡荡的游行队伍，冒雨行进在梧州城区的大街上，犹如一条穿行于浩瀚海洋之中的巨龙，势不可当，勇往直前。

北伐大潮滚滚向前，但在这股大潮裹挟之下，亦有“暗流”涌动。

一些国民党右派人物，竟然打着支持北伐的幌子，妄想清除革命团体骨干分子，为自己扫清障碍，以达到打压革命力量之目的。

1926年10月中旬的一天，梧州警备司令部司令王应榆，邀请梧州各社会团体负责人，到警备司令部赴宴。市党部、工会、学生会、妇女会等组织的负责人悉数到场，司令部内摆了整整四桌，桌上酒菜齐备，鸡鸭鱼肉，有红焖，有清蒸，有小炒，菜品丰富，色香味俱佳。看起来，这王应榆，笼络起人心来，还是不惜花些本钱的。

席间，王应榆口口声声以孙中山先生的忠实信徒自诩，言语之间，反复明示，身为革命军人，定当全力支持国民革命，全力支持北伐。

待他两杯酒下肚之后，狐狸尾巴便露了出来。此时的王应榆，借着酒劲，举杯道："时值北伐，后方治安至为重要。查本市近来工农商学各界时起风潮，屡生事端，严重扰乱社会治安。"

这刻儿，他摇摇晃晃走到工会组织负责人跟前，明令道："劳资双方有什么争执，应抱和衷共济之精神，协商解决。你们工会，动辄闹罢工，搞巡行，危及治安。我王某身为当地警备司令，对此种事情，决不允许。"

随着"决不允许"四个字脱口而出，王应榆用力将手中举着的酒杯掷于脚下。宴席大厅内，只听得"咣啷"一声，原本完好的青花瓷小酒杯，已碎裂在地，有碎瓷片借着外力，擦地飞出去好远。宴会的气氛，一下子变得紧张起来。人们似乎感觉到了某种杀气。

"本司令在此严正宣告，今后如再发生类似事件，王某一定采取断然措施，维护市面治安。"这时的王应榆，早已脱掉了"和善"之伪装，露出了仇视工人运动、仇视进步力量、仇视我党发展壮大的反动嘴脸。

王应榆的一举一动，都被坐在不远处的谭寿林看在眼里。面对王应榆跳梁小丑一般的表演，更坚定了谭寿林心中的想法，王应榆今晚的宴席，肯定是一场"鸿门宴"。他显然是为自己制造新的"三工人血案”提供借口。其用心，极其险恶。

谭寿林也看到，现场的一些群众团体负责人虽然心怀愤怒，但敢怒而不敢言。这无疑会助长王应榆的嚣张气焰，决不能让王应榆的阴谋得逞。

此时，以梧州《民国日报》社长身份赴宴的谭寿林，强压心中怒火，轻蔑地冷笑了一声，从餐桌边愤然站起，与王应榆针锋相对，严厉地责问道：“请问司令先生，工人组织工会，农民组织农会，学生组织学生会，商界组织商会，他们各自建立自己的群众组织，为争取自身的合法权益，开展正当的社会活动，何罪之有？”

王应榆正为自己精心策划的“碎杯”镜头而暗自得意，心想，谅你们也不敢公开和本司令为敌。王某这餐酒，可不是那么好吃的。既来之，则受之。岂奈我何？

不想，梧州《民国日报》社长谭寿林公开站了出来。王应榆心里“咯噔”一下，感觉有些不妙。心想，这可是个能言善辩的角色，耍起笔杆子来，厉害得很。我王某跟他顶真较量起来，肯定没有什么好果子吃。总不能让老子在宴席上拔枪示威？现在，我先让你表演，看你表演，只有独角戏，没有对台戏，你谭秀才再风光也风光不到哪里。暂且不和你计较，听听你还有什么厉害的“杀手锏”，一便抛将出来，王某我也好统盘应对。此时，全由你谭秀才发难罢了。

谭寿林当然知道，“王司令”这刻儿，完全是因为自己理屈词穷，才一反刚才的嚣张之态，而无言以对。因此，谭寿林并没有因为“王司令”的“无言以对”，而放弃对其斥问。面对坐立不安的“王司令”，谭寿林来了个“痛打落水狗”，进一步追问道：

“联俄、联共、扶助农工三大政策，是中山先生亲自制定的。你王司令口口声声自称‘中山信徒’，标榜革命军人，你的所作所为，究竟哪一点像中山先生的信徒？究竟有没有一点革命军人的气味？你究竟把中山先生的‘三大政策’置于何地？”

谭寿林连珠炮似的责问，让王应榆脸色越来越难看，由阴沉，而赤红，由赤红，而泛白，气得浑身发抖，说不出一句话来。

王应榆摆下的“鸿门宴”，最终不欢而散。

在“鸿门宴”上吃了“哑巴亏”的警备司令王应榆，当然咽不下心里的这口“恶气”，更不会善罢甘休。他对谭寿林从此更为仇视，怀恨在心，一直伺机报复。时隔一月有余，他终于向谭寿林等共产党人痛下狠手。

自古未闻屎有税，
如今唯有屁无捐。

这是在梧州地区流传颇广的一副楹联。与以往楹联多出自风雅才子有些不同的是，此联完全出自当地农民。

事情缘于国民党苍梧县党部和梧州商埠卫生局，于1926年初，联合开设了“粪溺捐”，并于2月以每月定额八百元银币招承包商。至4月，梧州商埠卫生局正式设立“粪溺捐”办事处，并明确“捐棍”邓秀峰承包梧州商埠卫生局所有“粪溺捐”。十分荒唐的是，梧州商埠卫生局竟然默许“捐棍”邓秀峰，将粪溺高价卖给市郊菜农。菜农无力承受粪溺高价重税，于是编上述楹联，以示抗议。

而梧州商埠卫生局等官僚机构，哪里顾及百姓的死活，不仅没有在菜农的抗议下收手，反而变本加厉，相继增加了许多新的名目，比如“瓜菜落地捐”，比如“冥镪爆竹捐”，凡此等等，甚是离奇可笑。

哪里有压迫，哪里就会有反抗；哪里有剥削，哪里就会有斗争。面对官僚机构与“捐棍”勾结、压榨百姓的势头愈演愈烈的情况，谭寿林和中共梧州地委的同志们，紧急磋商，明确提出：“废除苛捐杂税，减轻人民负担！”

一场废除“粪溺捐”“瓜菜落地捐”“冥镪爆竹捐”的斗争，迅速在梧州城乡打响。谭寿林派出地委委员、特派员办事处主任林培斌和特派员谢铁民以及从事农运工作的覃霭如、黄人权等同志指导各地“废捐”斗争。钱鉴、富民、三云山、古较场、大山脚、大东桥、李家庄、高望、长洲尾等苍梧近郊数十个乡村的农民协会发动起来了！高树仁、何玉田、陈秀彬、翟庭轩、龙梅、叶七、叶三七、张九、李大智等农会负责人也纷纷行动起来，成立了“废捐”委员会。数千农民手执小纸旗，高呼“打倒粪溺捐”等口号，有组织地在梧州商埠卫生局门前请愿，并散发传单，呼吁梧州各界支持。十多个小时的请愿活动，得到了梧州各界的响应，迫使苍梧县知事林进才出面表态，同意“废捐”。梧州商埠卫生局“粪溺捐”办事处的牌子，被请愿的菜农砸得稀烂。

砸烂一块牌子，无疑是容易的。真正让国民党反动势力低头，同意“废捐”则是艰难的。更为险恶的斗争还在后面。

转眼到了1926年的年底，就在12月19日深夜，国民党梧州警备司令部司令王应榆，勾结反动警察局，突然出动大批军警，分头包围了中共梧州地委地下机关、梧州民国日报社、工人联合会，以及由共产党员、国民党左派掌控的市党部。

大批军警出动之时，谭寿林和地委的同志们正在建设路兴仁巷四号，中共梧州地委地下机关三楼，召开各团体党员、团员等骨干会议，研究商定举行全市抗捐群众大会的具体工作。谭寿林对大家所交流的群众发动工作给予了充分肯定。其时，将前往东学塘集会的群众已达七千多人，商民四千多人，市郊农民两千多人，还有省立二中、女子师范学校等师生也在参加之列。群情激愤为前所未有，只待谭书记一声令下，梧州各界数万民众抗捐大示威之序幕将就此揭开。

常言说，树大招风。如此声势浩大的抗捐大示威，必然会引起梧州国民党反动势力的仇视，他们决不会善罢甘休。因此，谭书记在开会前，就曾叮嘱过，大家今晚要做好准备，敌人可能要来破坏我们的会议，如果敌人前来冲击我们的会场，我们不要和他们硬拼。如果硬拼，敌人就有理由抓人了。我们要做的，是随时警戒，随时撤退，注意安全。

会议开到了深夜11点30分，有的同志似乎松了一口气，眼看会议快要结束，新的一天，新的任务都在等待着同志们，迎接着同志们。

子夜漫长。子夜难明。就在这时，不幸发生了。随着突然的嘈杂的脚步声、争吵声，在地委机关楼底层响起，大批军警已经将中共梧州地委地下机关楼包围起来，一些军警荷枪实弹，向楼上冲击，和守护在底层的工会队员对抗起来。

谭寿林意识到情况不好，这阵势，敌人出动得肯定不少，立即吩咐钟山、周济等同志，下楼察看情况，同时安排开会的党团骨干赶紧撤离。

据周济五十多年后在《难以忘却的纪念》一文中回忆："当时楼下闹哄哄的，有工人跑上来告诉我，'你快跑，钟山已被抓去了。'我看看环境，跑到阳台上，只见两个空水缸。这时，敌人已经冲上来了。我急中生智，跳出阳台栏杆，双手抓住一点点栏杆边，身体紧靠墙壁。其他同志都跳到隔壁民房瓦背上，然后又掉落下去了。敌人冲上来抓不到人，看到隔壁民房瓦背上有洞，赶紧又冲下楼去隔壁抓了。等敌人走后，我才爬上来。在楼上遇到了轮船工会的团员刘志明，他看见我说，'我带你走。'"

就这样，周济才冲出了危机四伏的机关小楼，上了轮渡工会的小火轮，得以安全撤离。

在此次"大搜捕"中得以脱险的还有甘立申、李省群、李冠群和龙启炎等同志。身为国民党梧州市党部常务执委的中共党员甘立申，是由工人化装掩护逃进梧港线新宁号的煤舱，经香港回到广州的。梧州妇女联合会的负责人李省群、李冠群，所幸她俩是本地人，得亲友帮助，转移到长洲暂避，后化装避离梧州，前往广州。中共梧州地委委员龙启炎先行避匿郊区农民家中，约三月有余，后化装避往广州。

而身为地委书记的谭寿林同志，当时只顾着安排其他同志们设法撤离，把仅有的哪怕一点点安全撤离的机会，都留给了同志们，把危险留给了自己。被捕，那是难以避免的了。

谭寿林等同志被捕后，国民党右派和梧州封建反动势力，大肆造谣，极尽诬陷之能事。梧州警备司令部更是到处张贴布告，诬陷谭寿林等人“勾结刘逆震寰前之伪团长郭华俊，私运军火入口，希图大举作乱”。与此同时，梧州警备司令部还张贴出其他通缉、戒严、拘拿等布告，禁止群众集会，强令解散民船工会，并由苍梧县知事林进才等七人组成“维持国民党梧州市党部委员会”，接管市党部和梧州民国日报社。梧州警备司令王应榆，妄图以“阴谋暴动”之罪名，杀害谭寿林等共产党人。与此同时，将谭寿林所领导的工人运动、学生运动、农民运动、妇女运动等一切进步运动予以扼杀。

据周济在《难以忘却的纪念》一文中所回忆的，周济本人成功脱险之后，便全力开始营救谭寿林和其他几位被捕人士。

营救之路，充满曲折，并不顺畅。这一时期，国民党右派已经掀起了一股“反共逆流”。在广西国民党右派当局支持下，梧州国民党右派和地方反动势力纠集在一起，共同打击梧州共产党和国民党左派人士。国民党苍梧县党部和国民革命军第七军特别第二区党部联合召集县团务局等部门，以及各县知事，一些学校右翼分子，组成所谓“梧州各界党员驱逐反动派委员会”，并召开所谓梧州各界会议，发表宣言、通电，扬言要驱逐梧州工农革命运动的领导者甘立申、周济、钟山等人。该委员会还组织了数千人的示威游行，虚张声势，狂呼口号：“打倒市党部！”“驱逐甘、周、钟出境！”一时间，梧州上空群乌鼓噪，乌云翻滚，反共逆流甚嚣尘上。

在中共梧州地委领导下，周济当时以市党部名义召集全市党员大会，发表宣言，对“梧州各界党员驱逐反动派委员会”之合法性坚决予以否决；请求省党部对捣废总理遗像、国旗、党旗之主谋黎植松、严海峰、廖家昌等予以严惩，并驱逐出境。

正义与邪恶在梧州进行着针锋相对、不屈不挠的斗争，在12月19日深夜的那次大搜捕中，周济机智地躲过军警的搜查，在工人群众的掩护下，和甘立申等人成功地避往广州。谭寿林、钟山等五人，不幸被捕。

在避往广州途中，周济在经过广东郁南都城时就以梧州市党部的名义，通电国民党中央党部、全国总工会和各大报社，揭露发生在梧州的反共事件，要求广西军政当局，惩办凶手，释放谭寿林等被捕人员。

到广州后，周济和甘立申立即向两广区委书记陈延年同志汇报情况。陈书记指示，与广西留穗同乡会、留德学会、留俄孙文大学同学会等诸多组织一起，在广州声援谭寿林。

根据陈书记的指示，周济、甘立申以梧州市党部的名义，于1927年1月4日在广州《民国日报》发表《请严惩摧残党部之军官的通电》，紧接着在10日的广州《民国日报》上又发表《梧州农工商学妇各界团体重要宣言》。与此同时，广东区委还组织领导广西留穗同乡会、广西留俄同学会和从梧州到穗的党团员及各界代表人士，前往广州政治分会，国民革命军总司令部，第七军驻粤办事处及黄绍竑处请愿，要求立即释放无辜被捕的谭寿林等人。

多重力量共同努力，大家奔走了一月有余，仍然无效。

营救工作毫无进展，陈延年书记当机立断，指示周济、甘立申二同志直接前往武汉，向当时仍然保持国共合作关系的国民党中央提起控诉。

时值国民党中央监委与国民政府委员会召开联席会议，会议由国民党中央常委、中央政治委员会委员、中央军事委员会秘书长林伯渠主持，周济、甘立申二人得到大会主持人林伯渠同意之后，由周济在联席会议上宣读了事先准备好的控诉书，愤怒控诉了梧州国民党右派违反“三大政策”、摧残工农运动的罪行，并提出三项要求：一、国民党中央马上打电报到广西，释放无辜被捕的谭寿林等人；二、要保证今后不再发生类似事件；三、惩办不法军官王应榆。在了解了谭寿林等人被捕的事情经过之后，联席会议作出决定，电令广西当局立即释放谭寿林等被捕人员。

广西省政府黄绍竑等人，迫于形势，同意放人，但他们十分害怕梧州群众举行大规模集会欢迎谭寿林他们出狱，于是也向共产党提出了三个条件：一、谭寿林等人释放后，必须马上离梧，不得在梧再行逗留；二、谭寿林等人释放后，不准许有群众对他们进行欢迎之仪式；三、谭寿林等人不能与群众代表举行见面会之类活动。

鉴于此三项要求，广西当局便于1927年3月24日，借广州国民党中央党部中央委员甘乃光来梧办事的公务舰“江大号”，将中共梧州地委书记谭寿林，中共梧州地委委员、梧州工人联合会委员长钟山，中共党员、上河轮船工会负责人胡奕卿，国民党左派人士、民船工会负责人蔡美利，以及写出了《梧州不肖军人枪毙工人之骇闻》的梧州《民国日报》记者李锡彤等五人带至广州释放。

三天之后，谭寿林、钟山、胡奕卿、蔡美利、李锡彤等五人抵达广州，遂公开发表《鸣谢启事》——

敬启者，弟等因表同情于梧州革命商民之废捐运动被捕入狱，深蒙各地革命团体及各界民众援助慰问，复得甘乃光先生之爱助，于本月24日夕平安出狱，即随甘先生安抵羊城。隆情厚谊，感愧交并，谨此告慰并表谢忱，尚希爱鉴。

与在梧州出狱时的凄冷情境不同，广州天字码头上，欢迎谭寿林等“五斗士”归来的人群，早已迎候多时。

谭寿林此生都难以忘记，那天当自己拖着孱弱的身体，由桂江码头走上“江大号”军舰时，在他面前出现的，只有梧州工人联合会代表姚祝卿等寥寥数人，且为梧州军警所监视，算是为谭寿林等人送行。谭寿林内心有如桂江之水，翻腾奔涌，澎湃激荡。此番离梧州而去，不知道何时才能踏上这块自己战斗过的热土，这里还有太多太多工作需要他去完成，然而，现在看起来，是不可能的了。他在梧州的身份已经暴露，至于自己下一步的工作安排，党组织当然会考虑权衡做出决定。只是，他到梧州为党工作的时间还太短，许多的构想还没来得及实施，毕竟是以地下工作者的身份开展党的工作，因此，再大的干劲，再多的热情，都必须在党的组织不受破坏、党的事业不受损伤的前提下，才得以施展，才得以释放。这是由那个特定的时代、特定的背景、特定的阶段所决定的。身为中共梧州地委书记，谭寿林自然十分清楚这一点。

这一年多的时间，无论是在党的事业发展的长河中，还是在谭寿林个人生命的长河里，都是极为短暂的瞬间。然而，这个瞬间，对于谭寿林来说，却是珍贵而难忘的。正是在梧州从事党的斗争事业，谭寿林才成长为一名真正的革命者；正是在梧州与地委的同志并肩战斗，谭寿林才锻炼成长为一名具有丰富实战经验的党的领导者。因此，谭寿林对梧州，有太多太多的不舍。他舍不得，在自己眼里变得愈来愈熟悉的这片红土地；他舍不得，在自己心里变得愈来愈亲切的百姓乡亲；他舍不得，在自己的情感上变得愈来愈珍惜的地委的同志们；他更舍不得，在自己心目中变得愈来愈难以割舍的党的事业……

当载着谭寿林等人的“江大号”靠近广州天字码头时，早就迎候在此的欢迎队伍中爆发出热烈的掌声、欢呼声、口号声——

“欢迎谭寿林等‘五斗士’胜利出狱！”

“坚决同国民党右派势力作斗争！”

“严惩不法军官王应榆！”

此起彼伏的口号与欢呼，打断了谭寿林的思绪，他和其他获释者一起在掌声、欢呼声、口号声中走出舰舱，走下码头，立即被中共广东区委、中华全国总工会和在粤的广西各团体代表们所包围。人们与谭寿林等五人簇拥着，问候着，鼓励着……面对热情声援自己的人们，谭寿林内心有说不出的感激，一再拱手致谢。此时，“再来一场新的更大的战斗”的主旨演讲，已经在他的心里酝酿成熟。只不过，他的演讲不是现在。

随后，梧州各革命团体代表会同广西留穗学生会、广西留俄学生会等团体代表，在广州中山大学礼堂，举行了一场盛大的欢迎谭寿林等“五斗士”胜利出狱的大会。

第八章

四月的广州，依然是春色烂漫。粉红的是羊蹄甲，如血的是木棉，橙黄的是无忧，一朵朵，一树树，似绯云，似火焰。

是啊，时序的更替，没有人能够左右。自然万物，如期而至。然而，“四一二”之后的广州，可谓是，花城失色，血雨腥风。

1927 年 4 月 12 日，蒋介石在全国范围内发动了四一二反革命政变。他终于露出了本来面目，向共产党人和革命群众举起了手中的屠刀。在上海，仅 4 月 12 日至 15 日，就有三百多人被杀，五百多人被捕，五千多人失踪。

上海大屠杀之后，广州、北京等地的反动派，也向人民举起了屠刀。李大钊、肖楚女等一大批优秀的共产主义战士壮烈牺牲，无数革命群众惨遭杀害。

1927 年 4 月 15 日，广州的国民党反动派发动反革命政变，“清党”大屠杀开始，反动派疯狂搜捕和杀害共产党人、工人领袖和革命群众。曾为中国大革命之中心的广州，顿时陷入一片白色恐怖之中。花城上空，警笛长啸，警犬狂吠，谍影重重，险象环生。

身处险境的谭寿林，根据党组织的安排，留在广州从事地下联络工作。

广州东山百子路，原国民大学的一所旧房子内，住着一对夫妇和一个老婆婆。丈夫俨然一副商人模样，整日里手提一只皮质公文包，进出家门，脚步总是十分匆忙，似乎生意做得有些忙不过来。妻子和寻常人家的女人一样，上身着大开襟的布衫，下身穿裤腿肥阔的布裤子，多半能看到她手臂上挎着个竹篮子，进出家门，无非是要去买菜做饭，俨然是在履行一个家庭主妇之职责。老婆婆，则完全是南疆乡间常见的老妇人的穿戴，开口就是地地道道乡间语音，给人一种宽厚、质朴的印象。

这座一厅两房的居所，这样的家庭组成，在民间原本是极常见的。然而只要细心留意一番，便会发现，这家的主妇，虽是大开襟、阔脚裤，臂挎菜篮，但她的眉眼之间透露出的是一种书卷气，少了些日常主妇的烟火气。

他们，就是因为革命工作需要而组建成特殊家庭的谭寿林、李省群，以及李省群的婆婆，周济的母亲，周老太。这里，就是中共梧州地委驻穗联络站，负责与南宁、贵县、梧州等地党团组织、革命团体保持组织联系，开展工作。

说起这个驻穗联络站，如果没有李省群抛却世俗之见，走到谭寿林身边，成为他的“妻子”，谭寿林纵有三头六臂，也会一筹莫展。

据李省群1980年4月26日所写的《谭寿林同志的革命活动》一文中回忆，“两广区委见谭寿林同志在广西已暴露了，而且刚出狱身体有病，就叫他留在广州休养，不安排工作。寿林同志是一个好革命的人，当时他觉得身体有病，组织又不派工作给他，很悲观。”

现在看来，正是因为有了这个驻穗联络站，正是因为李省群同志无私的帮助，才得以让谭寿林摆脱了当时的悲观情绪，重新鼓舞起了革命热情和革命斗志。

组织上要求谭寿林：一方面把梧州的工作秘密交接好；另一方面，在广州筹建起一个联络南宁、贵县、梧州等地的党团组织、革命团体的联络机构。这让谭寿林“又兴奋起来”（李省群语）。其时，中共广东区委已经紧急抽调廖梦樵、邓拔奇到梧州，恢复中共梧州地委的工作，并任命廖梦樵为中共梧州地委书记。

组织上给谭寿林的新任务，虽然说让他思想上不再悲观，有了重新投身革命工作的热情和斗志。正如李省群在回忆文章里所说，“又兴奋起来”。但兴奋归兴奋，要组建一个联络站，又谈何容易！

他租房子时就碰到了难题。乱世之秋，风云变幻，老百姓眼里看到的是，你方唱罢我登场，今天“抓乱党”，明天“除汉奸”，“城头变幻大王旗”。在这样的情况下，一些普通民众只求安稳度日，不愿多惹麻烦，更不愿惹祸上身，对于“革命党”也好，反动当局也罢，均采取了退避三舍、敬而远之的姿态。现在要租赁房屋，单身不行，单身青年男子，更不行。必须要有“眷属”。携“眷属”一起与房东洽谈，方才有租赁成功之可能。

此时，谭寿林从工作要求考虑，几经奔波，终于寻找到一处合适地点，僻静，偏远，尚且宽敞适用。待要签订契约时，房东提出来，必须和太太一同前来，方可签约。众所周知，谭寿林孤身一人在广州，哪里有什么“太太”陪他出场！

谭寿林想到了一个人！可此人，不仅已经有了心爱之人，而且前不久刚与自己的战友结婚。谭寿林在这个时候，怎么好意思向她开这样的“口”呢？

不错，此人正是李省群。为营救谭寿林出狱，李省群从梧州辗转来到广州，作为梧州各界代表，曾前往广州政治分会，国民革命军总司令部，第七军驻粤办事处，以及黄绍竑处请愿。谭寿林等五人胜利出狱之后，李省群也留在广州，向广东区委妇女部请示工作。担任广东区委妇委书记的邓颖超，在接受李省群的汇报之后，分析了梧州的形势，认为李省群在此次营救谭寿林同志出狱的斗争中，共产党员的身份已经暴露，不宜再留在梧州工作。于是，便介绍李省群到由其母亲杨振德担任校长的广东高要某小学工作。就这样，李省群也在广州留了下来。

当李省群知道谭寿林在租房问题上碰到了难题，而谭寿林又不好意思对自己开口时，便主动问道：“你是要我做假眷属去租屋和作掩护吧？”

自己在心里盘算了好几天，都没有好意思讲出来的想法，结果被李省群直截了当地讲了出来，谭寿林心里充满了感激，连忙很肯定地点点头，“正是这个意思。只是担心你……”

谭寿林知道，此时的李省群与周济，刚结婚不久，可谓是新婚燕尔。尽管周济现在远在武汉，一对新人并不能团聚。但在这样的情况下，让李省群和自己假扮夫妻，谭寿林心里有些顾虑，也再正常不过。

“这个可以。不过，你要同邓颖超大姐讲好，她已经约我到高要某小学教书。”李省群十分爽快地答应了谭寿林。

真正是革命工作中的好同志，好战友！谭寿林没想到，李省群在“眷属”身份面前，没有一点犹豫，没有一点迟疑，没有让谭寿林再做一丁点儿“思想工作”，一口应承下来了，反而让谭寿林本人有点儿不好意思。

当听到李省群提及要向邓大姐请示时，谭寿林胸有成竹地回应道:“不用了。反正是工作，先在这里。等以后，我亲自向邓大姐解释。”

“那可不行!”这刻儿，李省群平时活泼顽皮的女性特点自然流露了出来。自己帮着“大寿哥”解决了大难题，还不允许人家这时逗逗他?在梧州，和“大寿哥”一起工作，那是纯纯粹粹的上下级关系。从今往后，虽说在一起也是工作，可为了工作，他俩必须要生活在一个屋檐下，不一样呢!

“怎么又不行了?”谭寿林误以为李省群反悔了，神情紧张地问到。

“既然事情发生了变化，至少得有一个情况说明。”看到“大寿哥”神情紧张起来，李省群心里有些个小得意。心想，我这个“眷属”也不是这么说当就当的。

“只是一个情况说明?”谭寿林心头悬着的石头，终于放下了。“你呀，吓了我一跳，还以为你反悔了。”谭寿林心头隐隐地有了一点幸福的感觉。

“这样吧，我先写个说明，你签上字。好不好?”

“好!”谭寿林生怕眼前这齐耳短发的调皮女子又要反悔似的，应声高且有力。

其实，李省群早就想到“大寿哥”会碰到这样的难题。她是打算和周济的母亲一起过来，这样和“大寿哥”组合起来更像一个家庭，生活、工作起来也更方便一些。

在广州东山百子路原国民大学的旧寓所内，与谭寿林、李省群一起同住的，当时还有陈勉恕和刘曼舒。他们二人后来革命斗争生涯中走到一起，结为革命伴侣。关于陈勉恕，前面曾有过介绍，这里不再多作叙述。说起刘曼舒，与陈勉恕能走到一起，结为伴侣，一点也不奇怪。他俩早在革命工作过程中，彼此有了较多接触和了解。陈勉恕被组织上抽调到广西工作，不久被选任国民党广西党部青年部长时，刘曼舒便是在青年部担任秘书一职。他们二人，在以后的革命斗争中，始终与谭寿林紧密战斗在一起，发挥了重大作用。此为后话，容后面详述。

联络站工作顺利开展，走上正轨之后，李省群也曾开玩笑地问大寿，当时他所熟悉的女同志，还有刘曼舒。要说扮“眷属”，刘曼舒看上去比李省群更合适。刘曼舒就是广州人，和谭寿林一起工作，对谭寿林肯定能有所帮助。而且，刘曼舒当时还待字闺中，不像李省群名花有主，且新婚不久。

大寿很正色地对李省群解释：从单身这个角度，显然做刘曼舒的思想工作要容易一些。让一个新婚不久的新娘子做人家的“眷属”，确实让他难于启齿。这一点，他不是没有考虑。可是从更有利于工作开展的角度考虑，驻穗联络站，有很重要的一方面工作，是负责在广州和梧州党团组织、进步团体之间建立联系。这方面，李省群要比刘曼舒更熟悉，哪些该接触，哪些不该接触，李省群比刘曼舒更为清楚。这样一来，工作就容易开展，避免少走弯路。当然让谭寿林也更为放心。

“噢，我还以为你看不上人家刘曼舒呢。”在大寿面前一直是个小妹妹的李省群，逮着机会和宽容厚道的“大寿哥”玩笑一下，她怎么舍得放过呢!

“看你说的。这有什么看得上看不上的?”在调皮的小妹妹面前，谭寿林也没有多少为自己辩护的余地。

这一段生活，谭寿林在其后来创作的著名中篇小说《俘虏的生还》中亦有再现：

他找到一间很适宜于病人居住的房子，那是在富于贵族和富人色彩的东山，地方幽静，光线和空气都十分充足。但是房东一定要有家眷来住方肯出租，不然，宁可把房子空着。这一种困难又难倒他了。这怎么办呢?

他想只有一个人，只有笑君，她能够和他解决这个困难。于是，他去找她。把他自己不能解决的困难问题告诉她，要她解决。他的意思是要她去同住，对房东方面，可以假称家眷。他们都是很熟的朋友，这样无关紧要的笑话，是没有什么说不出口的。但她是和她的爱人的母亲住着，要她去假充家眷的话，就难于启齿了。好在她明了他的意思，而且她也是多病，要想另租地方来养病的，同住的一句话就由她自己说出来了。

在广州期间，谭寿林除了做好联络站的工作，还要想方设法，为从广西怀集、梧州一带来广的农会和自卫军负责人，找工作，谋出路。当年，在谭寿林的领导下，梧州一带，桂平、贵县一带，都发展起了农民协会、农民自卫军组织，这些组织负责人，与谭寿林都还有着联系。但四一二反革命政变之后，他们当中好多人，没了工作，纷纷赶赴广州。通过关系，联系上了老领导谭寿林。谭寿林很是为这帮革命团体负责人失去工作而着急，只有多方奔走，尽力为他们寻找发展之机。这些人当中，就有当时的中共梧州地委委员、负责农运的林培斌。

经历了牢狱之灾的儿子，终于被释放出来了！听到消息的父亲，再也按捺不住内心急切的心情，几经周折，路远迢迢，从贵县谭家岭，来到广州，指望着能见上儿子一面。

谭寿林在梧州被捕入狱之后，他父亲曾含泪跑到儿子被监禁的牢房去过一趟，心想着，即使不能与儿子见面，能打探到一些儿子在牢房中的消息，也好回家对家人予以宽慰，特别是对年事已高，整日里把寿林孙儿挂念在心的老祖母，也好有个交代。

父亲这样的愿望，自然是不能实现的。其结果，只能是更加的失望与伤心。现在，儿子终于重新获得了自由，做父亲的当然高兴。但高兴之余，心里不免牵挂，儿子现在的情形究竟怎么样？在牢中吃苦是一定的，国民党反动派既然把他抓进去，哪里有什么好果子给他吃呢！究竟有没有因受刑而伤害到身体呢？现在的行走方不方便？心情怎么样？精神上有没有受到什么打击？一家人都替寿林儿担心呢，在他被捕之后，老祖母和他的母亲，几乎是天天以泪洗面，悲伤难忍。

现在，父亲的心早已飞向广州，飞向儿子身边。

白色恐怖笼罩着的广州，革命者每天都在被追捕，被残害。谭寿林每一个行动，都必须谨慎小心，不仅是个人安危，更重要的是不能给党的事业带来损失。所以，几经周折，他是在父亲来广州三天之后，才得到父亲到了广州的消息。

此时，谭寿林的内心充满了自责："父亲这样远道而来，竟三天不知道我的踪迹，他是如何失望，伤心痛哭呢？我应该赶快去见爱我的父亲，使父亲不至于伤心痛哭才是！唉！我是不孝，我的行动使他忧伤，如今又使他远道奔波而来，我还不赶快去跪在父亲的膝下求其宽恕，尚待何时！去，去！去见爱我的父亲！"

寿林一面这样想，一面急切地奔出寓所。悲哀与欢喜在心中交错，竟有时不知心中到底是悲哀，还是欢喜。出门时，他顾不得天空是下雨还是不下雨，也顾不得衣服是破是旧，拿上就走。

寿林一路急促地行走，那些在路旁绽放的野花，那些在空中飘荡的飞絮，都不能引起他的注视，那淅淅沥沥的雨水，更不能阻挡他疾行的脚步。此时的寿林，去见父亲，比儿时渴望母亲的怀抱，还要更为急切。他想道："我见到我的父亲的时候，我的情感已不能听我的意志的命令，我将倒在慈父的怀里痛哭一场，把自己受敌人虐待的痛苦，统统哭诉出来，或者就可以宣泄满胸悲愤。"

寿林甚至想着父亲见到自己时的情形，父亲会十分疼爱地抚摸着自己的头，安慰自己："我的好孩子！残酷的敌人虐待了你，你是受委屈了。……你是个弱小无能的孩子，也要不自量力去反抗黑暗的旧社会，那你得到的酬报，自然是虐待！来罢！离开了明枪暗箭的社会，投到你爸爸的怀里来罢！"

寿林一路痴痴地想着，不觉到了父亲的住处。不想寓所的主人说，"大约要入夜才能回来，请夜间再来罢！"

寓所主人的话说得清清楚楚，寿林竟似没听见一般，依然痴痴地等着。

也不知等了多少时辰，谭寿林似在昏睡之中，听得父亲一声呼唤：“寿林儿——是你么！”

“父亲！”

谭寿林轻声叫了一声。深夜时分，别人的寓所，儿子只能强压着自己内心的情感。他原先想象的和父亲见面时的对白、场景，都留在了脑海中。

一个饱经患难、虎口余生的儿子，一个担惊受怕、长途奔波的父亲，此刻的相见是多么的不易，有多少悲欢在父子之间回荡，然而，他俩同时选择了平常之态，并无煽情之举。

和父亲见面之后，寿林无非是说了，自己已经不是孩子，还烦劳父亲走这么远的路，心中不安，也劝父亲放心，以后不用再路远迢迢地来看望，太辛苦了。

父亲对寿林说，“你虽然有了人身自由，广州这地方十分纷扰，你在此地待着，我心不安，祖母的心更不安，所以想见你一面。若在此地无事，不如先回家去，祖母和你母亲都十分盼望你回去的。”

想着年迈的祖母，想着慈爱的母亲，想着辛劳的家人，寿林几乎又要在父亲面前流泪了。想着自己一人常年浪迹在外，使家中祖母、父母亲和家人为自己的安危牵肠挂肚、忧心不宁，自己简直成了家里的不孝之子，忤逆之人。而自己此时，还不能答应父亲的要求跟他回去，自然也就不能恳求父亲原谅了。

谭寿林只是简略地向父亲叙说了自己在狱中的情况，当然是省略了这中间受刑的种种痛苦，何必让父亲徒增悲伤呢！

听了儿子的叙述，父亲久压在心底的一块石头，似乎放下了。他微笑着对寿林说：“唉！那时候，外面流言太多，十分坏，使我们听了十分心痛，要想见你一面又不能，几乎把我们愁坏了呢！以后，事事都要小心谨慎才是！这世界仍是有枪的人有势力，公理和正义是无用的东西，笔墨口舌哪里敌得过枪刀！”

寿林当然是爱自己的家人、爱自己的家庭的，他的情感是健康而健全的。然而，作为一个革命者，他不仅有丰富的感情，而且有清醒的理智。他知道，他的人生观是以战斗为快乐，为人生担当重任。如若是就此跟随父亲回家去，那便是要改变自己的人生观。他哪里能够这样做呢？而且在现今的情势，他回家去也是不妥当，也是避免不了恶魔的势力的。要战胜恶魔的势力，唯一的方法还是战斗！

没能带回自己的儿子，谭寿林的父亲还是给儿子留下了一些盘缠，之后，独自踏上了漫漫归途。

不久，父亲便给寿林来了一封快信，让寿林不得不启程归去。

手拿红笺快信，寿林看了一下信封邮戳的日期，估算着父亲归去的行程。他认定，此信一定是父亲归家不久就发出来了。父亲为什么这样匆忙给我发一封快信呢？莫不是又要催我回家？不会罢，在广州时，父亲其实已经同意了我的主张，而没有要求我跟他回去。现在，也应该不会是让我一定要回家。

难道说家里发生了什么变故？不然，父亲不会这么快给我发来一封快信。一想到这儿，谭寿林心头猛然一紧，心口上似乎被揪了一下子。莫不是老祖母，已经呻吟在病榻，盼望着孙儿归来见上一见？谭寿林拿快信的手几乎颤抖起来，他不敢拆开信封。他很怕自己的猜测，在父亲的信中得到证实。可如果真的是这样，他只有立即奔回家中，否则，老祖母见不到孙儿，病势越来越重，自己到那时再赶到家里，恐怕都不能和万般疼爱自己老祖母见上最后一面了。

想到这，谭寿林赶紧拆开快信，父亲十分潦草的笔迹呈现在自己眼前——

……我到广州看见了你，自是十分欢喜。临行时，我想一到了家，就把你在外安好的消息告诉祖母，使她也欢喜欢喜。谁料我到县城时，就得到祖母病重的消息，就连夜回家，跑到祖母榻前。她见我回来，以为你也跟着回来，是十分欢喜，及知道你不回，她又叹了一口气，很悲哀的睡着不语！她在我离家后三天就病了，如今已病了十几天了，病体沉重，说话已不成声，老人病到如此，大半会……你接信后，应立即回来……祖母或能见你一面。

尽管归途多险，然祖母召唤，作为孙儿实在无法狠心不归。于是，谭寿林安顿好联络站的一切，拿了一个随身携带的藤衣箱，坐上李省群事先为他雇好的人力车，向着省港码头出发了。

第九章

和煦的阳光，软软地敷在广大的平原，刚被雨水洗涤过的树林野草，似披着翠绿的晨衣，格外鲜艳动人。大雨时躲在林间的小鸟，此时成群结队地飞在空中，唱着清脆的晨歌。经过几十天的奔波劳顿，早已疲惫不堪的谭寿林，坐在驶往家乡的汽车上，想着家就在不远的前方，马上就能见到日夜想念的老祖母，自己的心情也好了起来。车窗外的自然景致，这才进入了他的视野。

大自然的优美，很快被抛至车

窗后面去了。家乡田野上的一切，在谭寿林的内心产生着微妙的变化。想着自己是被俘虏之后的生还，乡邻们会不会用异样的眼光看自己？而那些“局董”“团总”们见到如此狼狈的他，又会有怎样的讥讽与鄙夷呢？

此时，在谭寿林眼里，家乡参差的速丰林，似魔鬼般狰狞矗立；家乡交错的田界，似一张铺张开来的罗网。他的内心燃起了冲天火焰：“你们那些卑污苛贱的绅士哟！你们那两副面孔只管轮流表演着呀！你们见到什么官，什么长的时候，一副奴婢的贱容是多么难看，你们自己曾把镜子照过吗？你们见着无知无识的乡人，一副尊严的面孔，又多么威风凛凛，你们曾把镜子照过吗？你们且慢得意啊！你们要好好留下两副尊容，将来博物陈列处正需要来高挂着呢！听着罢！我是在诅咒你们，社会上一切的可怜人都在诅咒你们，怨恨你们，要把你们摔个粉碎！”

看着原本可爱的家乡被这些贪官污吏所制造出来的妖气所包围着，谭寿林是十分的震怒了，忍不住发出自己的怒吼。

家乡，对于寿林来说，怎么能不爱呢？那里有他的老祖母，他的父亲母亲，他的兄弟姐妹，他家庭一切的一切，饱经患难、虎口余生的他，怎么能不渴望回到自己的家乡，回到自己思念的亲人们身边呢？

在他的记忆里，自己由出门读书时起，一直到离开北大走上革命道路，成为革命队伍中的一员，也是回过几次家的。只不过，早些年的回家，心里充满着的是欢乐与快慰。家乡的一切呢，也都是以满面笑容相欢迎的。那时候，乡邻们也好，族人们也罢，都是满怀希望，希望自己从北京读书回来，将来能建立一番功业，光耀门楣，成为方圆百里都响当当的人物，为邻里增光。

现如今呢，一切都与之相差十万八千里。他只是一个生还的被俘者，什么建功立业，什么光大门楣，什么声名远扬，什么增光邻里，统统见鬼去吧！我，谭寿林，只是一个年轻的革命者，一个坚定的革命者！此生，只为了崇高的革命事业而奋斗！

这时的谭寿林，很是为自己思想上产生一时的恍惚，深感羞愧。于是，当汽车停在离自己的家只有两里多路的乡市时，他便提着随身的藤箱，昂首从当地的一个团总面前走过。那位团总，其实早就看到谭寿林了，只是没想和谭寿林打招呼。然而，当谭寿林极从容地从他身边走过时，那团总似乎有点尴尬，主动招呼道："哦，原来是你！你回来了，是搭车？"

"是的，我搭车回来的。你不认得我了罢？"谭寿林不慌不忙地回应道。

"哈哈，初见时有些不敢认。你穿的衣服很不像从前的，我以为是卖'万应灵'药的呢！"那位团总借机刺了谭寿林一下。

谭寿林则顺势调侃道："哈哈！那么，请你先生买些灵药好吗？"

因为心里惦记着生病的祖母，谭寿林无心再和团总纠缠，便不卑不亢地与团总分别，走向通往家中的田间小道。

谭寿林的家就坐落在这乡路前方的一块坡地上。一处还算宽敞的庭院，庭院内共有前后两进房屋。前后两进房屋的中间，均设有朝北向的厅堂，前一进所设厅堂为前厅，接待来客、家中议事之用；后一进所设厅堂为后厅，算不得大，设有佛龛，供奉着救苦救难的观世音菩萨，这也是家中祖母、母亲常在此为寿林祈祷平安的地方。每进房屋的厅堂两侧便是大大小小的房间，供家人分住。谭寿林就住在后一进厅堂的右手边的一间。

从整座院落看起来，就不难发现，谭家是户大家庭。事实也是如此，谭寿林在家时，全家老小就有十口之多，真正是个不小的家庭呢！

这时，一群孩子手挽着手，在院门口快乐的跳跃着，欢呼着："哥哥回来了！""哥哥回来了！"这些是寿林的弟弟妹妹和孩子们。他们远远地就认出寿林，欢呼着跑过来，把他围住，帮他提藤箱，拉着他的手，争着问："买了什么东西给我们啊？"

这一问，又让寿林刚见到弟弟妹妹和孩子们的那份喜悦，一下子减少了许多，内心平添些许愧疚。他此次回来，全部家当只有八十元，这一路奔波，已经花去不少。想着祖母生病，肯定需要钱用，自己能省则省，指望能留点钱，好给祖母治病之用。哪里还能给眼前的这帮孩子买礼物呢！

寿林唯有岔开话题，问道："奶奶的病可曾好转？"

"好了，早就起床了。"孩子们并没有因为寿林没带礼物而反复追问，而是欢呼雀跃地争着回答。

果然如孩子们所言，当寿林走进家中小客厅时，老祖母早已扶着拐杖，微笑着出来迎接自己的孙儿了。

寿林看到，祖母的背比以前弯曲了许多，病后的恢复并不算好，脸上依然十分憔悴，眼中已噙着泪珠，颤颤巍巍地问道："是寿林孙儿回来啦！"

"是的，奶奶，是你的孙儿回来了。"寿林赶紧上前一步搀着老祖母的手，引她老人家到小客厅椅子上坐下说话。

"你呀，不肯早点回来，让奶奶盼得好苦噢，天天盼望你回来，就是不见回来。"

"孙儿想是想早点回来，一来事情缠身不能轻易走开，二来路途遥远，且时局动荡，不太好走，所以……"

"哎！如今的世道不太平，既回来了，以后就不要再出门，免得一家大小为你提心吊胆。"

"是！以后再不出门了。"

见祖母这样说，做孙儿的只能顺从，哪能刚回来就惹她老人家不高兴呢？

"我生了一场大病，几乎快死了。你再不回来，差不多见不着你的奶奶了呀！"老祖母眼中，早已泪眼蒙眬了。

"我知道奶奶的病会快快好起来的，如今真的全好了。"

"如今是好了，还是昨天刚刚下床的呢！"老祖母说到这，心情好了起来，起身道，"我不能久坐，要去躺着。你陪弟弟妹妹和孩子们谈谈吧，讲讲一路上的见闻，也好让他们见识见识。”

这当口，寿林见到母亲从外面跑回来了。原来，母亲是在外面打些零工，得知受了磨难的儿子到家了，便急急忙忙地跑了回来。见面只一句“我儿回来啦”，之后，便仔细打量着心爱的儿子，似乎要发现他与从前的不同之处。

寿林看到自己的母亲，比以前老了许多，原本就瘦小的身体，如今似乎更单薄了。心中一阵酸楚，泪水已经在眼眶里打转了。此时，他只好转换话题，来抑制自己心中的情感。于是问母亲，“怎么没见到爸爸？”

“你爸爸因为小学校里的事情，今早和先生们一起去县城了，大约今晚不会回来。你一路上也够劳累的，先歇一歇。我去给你做点吃的。”母亲吩咐过后，便去厨房间忙晚饭去了。

乡村寻常农家的晚饭，极其简单，通常只有一些蔬菜。但今晚这一顿晚饭，母亲破例杀了一只鸡。寿林知道，这是母亲为了在牢狱中吃了不少苦头的儿子准备的。

好多年了，寿林没有享受这样和家人团聚的天伦之乐。一家子在一起欢快地吃饭。寿林不停地忙碌着，一会儿给祖母添点鸡汤，给母亲夹块鸡肉；一会儿给弟弟妹妹们分些鸡腿、鸡翅膀，给自己的孩子和孩子的母亲舀点碗里的残羹。

他忙着的时候，母亲并没有吱声。她知道，儿子是要把心里对家人的爱，用这样的方式表达出来。他夹给母亲的一块鸡肉，一直完好地在母亲碗里留着。直到最后，母亲将这最后一块鸡肉夹到了寿林的碗里，“我儿替妈妈吃了，妈妈年岁跟奶奶差一大截，可这牙齿也跟奶奶差不多，咬不动鸡呀鸭呀之类要咬嚼的东西。”

这时，妻也将碗中一口鸡汤倒进了寿林碗中，“你这一路受的苦够多了，怎么能全照顾他们这帮孩子，叫人心疼，也枉费了母亲一番苦心。”

“好了，寿林，你母亲和你女人的心意，你就不用再推来推去了。今天寿林平安回家，一家子要高高兴兴，开开心心，不许难过、伤心。”老祖母开了口，寿林只好照办。但此时，他的内心，翻江倒海，酸甜苦辣，五味杂陈。

晚饭后，一家人围着老祖母，散坐在客厅里。他们都想着让寿林讲讲受难后的情形。一家人都想知道寿林被俘之后，究竟吃了什么样的苦，受了什么样的罪。之前，一家人的心一直都悬着，一直担心着，但又不知实情。现在寿林回来了，当然想听他亲口告诉家人，他在狱中所经受的这一切。

“奶奶，我被捕坐牢的事情，想来最好是不用再说了吧，孙儿不想再让你和全家人难过，伤心。我进了牢房之后，虽然受过一些折腾，自然是痛苦的。但，也未必和你们听到的传闻那样可怕。”寿林知道，祖母他们内心不知道事情的经过，终究是放心不下的。因而，他在讲述自己在狱中的情形之前，先招呼一下。在自己的内心，当然不想让祖母和家人再跟着伤心难过，只想简略复述个大概，也好让一家人放心罢了。

“哎哟！人家的传言的确太不好呢。说什么进了牢房的人，都是会被打得浑身肿烂，疼痛得很呢！又说，这样子还算好的，还能留条活命。还有一些人，进牢房就是等死，注定要杀头，迟早是要丢了性命的。唉——那些传话的人，说得活灵活现，像是自己亲身去见识过似的。总之，句句话都戳在奶奶的心口上，叫人心里直滴血呢！”寿林刚开始讲述，祖母就开口把他的话题打断了。

寿林将凳子朝祖母跟前靠了靠，轻轻拍了拍祖母的手臂，接着说，“传言也不是完全没有根据，坐牢又不是住酒店，当然是要吃一些苦头的。只是每个人并不一样，有人吃的苦头大一点，有人吃的苦头小一点，也有人逃不过一劫，丢了性命。这些都是有的。孙儿和几个朋友抓进牢房之后，也是上了手铐脚镣的，被推入很黑很暗的，很狭小的潮湿监房之中。……一下子，哪里受得了啊！”

“哎哟！ 天神菩萨！ 这样残忍！ 不疼么？以后呢，以后会是怎样？”母亲忍不住开了口，样子十分难受。

“……以后就饿了一天，第二天才给一碗白饭吃。”寿林嘴上这样讲，自然是想让一家人放宽心罢了。 其实，在牢里哪里有什么“白饭”，那些掺杂着砂砾的饭粥都不能饱腹。

“那时，天已经很冷。 我们有朋友送棉被来，又不准送入。 只好受冻，受冻了十几天，手脚都冻得红肿起来……”

“那可是寒冬腊月啦！ 怎么能不给被盖，好没人性哦！”寿林的女人插话时，禁不住打了个寒战。

“他们这帮人，怎么会跟你讲人心、人性呢？ 他们当中，绝大多数都是凶神恶煞、心狠手辣的刽子手。 ……过了十几天之后，外面朋友的东西送得进牢房了，朋友们时不时送点饭菜钱，送点食品，我们一起被捕坐牢的伙伴，日子才好过一些。”寿林讲到这里，听他讲述的一家人，尤其是祖母、母亲，以及自己的女人，这才深深地松了一口气。

“大概也算是习惯了，以后在牢里就这么着，一天一天，盼望着早一天出来。 在里边，也就不觉得有什么痛苦。 一天等一天，一直在牢房里三个多月，才能平安地出来！ 这也算是不幸之中的万幸，后来才知道，那么多朋友帮忙，费了好大一番周折，真的不容易。 正因为如此，我们出来的几个人，才公开发布了致谢启事。 不然，心里头实在过意不去。 真正是救命之恩！”

想着自己出现在广州天字码头时的情景，想着自己出席中山大学礼堂欢迎大会上的情景，谭寿林内心抑制不住地激动，几滴泪珠掉落下来。

其实，这牢中的几个月，哪是这么轻描淡写的呢？ 他所经受的摧残，他所经受的凌辱，早已化作满腔仇恨，化作革命到底的坚定意志，深深埋在自己的脑海中，烙印在自己的心灵深处。

“哎哟！ 什么也不说了。 这回回来，就不用再出门了。 世道人心这样子坏，你一个人在外，太危险，也太苦。 你奶奶、你父亲和我们，一家人都放心不下。真正是愁白了头。”母亲说着，随手在谭寿林女人头上拨弄了两下，女人的发丛中，竟露出不少白发来，叫人心酸。

“我时时都说你性子太急、太直，要改改，你总是听不进去。像你这般心直口快，哪里不会得罪人？你妈说得对，世道人心这样子坏，性子太急是会惹祸上身的！以后，还是改了吧！”祖母很关心地教导自己的孙儿。

寿林在讲述自己狱中的经历时，弟弟妹妹和孩子们一个个似巢穴之中的乳燕一般，张着小口，目不转睛，露出紧张而又害怕的表情。他的女人，一直静静地扶着祖母的椅背，站立着，不好意思插话。难过时，只是自己低下头来，默不吱声。

祖母所言“性子太急、太直”，寿林自己当然是知道的。但是自从他长大成人走上社会，走向革命征途，自己眼中所见、耳中所闻，那些旧社会黑暗势力残害百姓、祸国殃民之罪状，一桩桩，一件件，无不叫人气愤，叫人痛心疾首。他要控诉，要呐喊！他要控诉一切反动派对人民对国家犯下的滔天罪行。他要为处在水深火热之中的劳苦大众呐喊，唤醒他们，起来和一切旧势力、恶势力作坚决的斗争！这一切，又怎么能让他按捺得住自己的性子呢！

“奶奶，孙儿这回听进去了，一定改！”回到自己心爱的家里，寿林不忍让自己的祖母和家人太过伤心，再为他提心吊胆，只得违心地宽慰祖母。

此时，夜已经很深了，谭家院落之外，早就一片沉寂，唯有昆虫高一声、低一声地鸣叫着，间或有一两声狗叫传来，让人感觉到乡野的空旷无垠。

侍奉好祖母入睡之后，寿林这才拖着疲乏的身体，回到自己既熟悉又陌生的房间里来。他的女人仍没有睡去。

昏暗的煤油灯下，女人在做着针线，大概是给孩子们缝补着衣裳。见他进来，原本忧郁的脸上露出了一丝微笑：“你回来了，祖母精神也好了。谈了这么晚的话，也不见她喊累。这会儿睡下了？”

女人说这番话时，头并没有抬，依旧在缝补着。想着家里的日子，一直过得紧巴巴的，此番入狱，父亲来回奔波，肯定有不少花销。家里孩子，缝缝补补的事，不得少，多半都落在自己女人身上。说起来，在外面有一大堆要紧的事情总是忙不完，哪里有什么时间想家里的事。即便偶尔想起来，也是关心老祖母的身体怎么样了，她老人家这么大的岁数，整天为孙儿的安全担心受怕，想想自己真是愧疚得很。至于这眼前的女人，说实在的几乎没有想起来的时候，想想自己真的不应该，自己的几个孩子一直都是她在拉扯着，从没一句怨言。

“睡了。哦，你怎么还没睡？也忙了一天到现在，也该歇歇了。明天还有明天的活儿。”

“我没睡，是要等你回来呢！孩子们都睡下了。”

“啊，如果我不回来，永远不会回来了，恐怕你也是不睡的吗？”寿林倚着女人身子，在床沿上坐下，并没有直接上床。对眼前的女人，心里竟有些酸楚而怜惜。

“噢！你呀，这话不知你怎样说得出口的？真不怕人家为你伤心么？永远不会回来……”女人这时抬起头，直愣愣地望着他，泪水在眼眶里打转了。

他知道她是真的伤心了。但他刚才“永远不会回来”的话，也决不是随随便便说出来的，自从在北大追随李大钊先生，自己就决定要奉献此生的，他此生只为劳苦大众而奔走呼号，对于家庭，对于祖母，对于父母，他也只能做个罪人，做个不孝的子孙了。

眼前，他竟不知道如何安慰自己的女人。想来，他也不知道，眼前的女人会为自己流过多少泪，伤心害怕过多少回呢！

“好了，这会儿不说这个了。夜太深了，大约天就要亮了。赶紧睡一会儿吧。”寿林说着，从女人手里端走做针线的小匾子，劝她歇息。

女人顺从地熄了煤油灯，之后，两人便默默睡下了。连日来的奔波赶路，谭寿林根本不能好好休息，再加上，一路上心情也放松不下来，疲倦在所难免。今儿又说了大半夜的话，几乎筋疲力尽，在祖母面前，还得硬撑着。这会儿，一躺下浑身酸疼，谭寿林一动也不想动，只希望快快睡去。然而脱了外衣的女人，此时也怕他逃脱一般，从背后搂抱着，不肯放松。

她身体的温热，她心脏的跳动，电波似的，一波一波，刺激着他的身体，清醒着他的身体，使他的神经中枢变得兴奋，原先的疲乏似乎被电波消除了。他从彼此心跳的共鸣中，感觉到女人没有睡着。

“你还没睡？”

“唉！我哪里睡得着呢，我的心不知怎么会跳得这样子厉害。我想和你说好多好多话，又怕你这些天行路太疲倦，又怕你不耐烦听我唠叨。”女人说着，抓紧他的手，放到她的胸口上。

“我也不是十分疲倦，有话你就好好说吧，我是很愿意听的。”寿林此时觉得，无论如何自己总是她的男人，总该尽一点男人的职责。他们也算是患难夫妻，尤其是自己被俘生还，应该让她把久闷心底的悲苦和烦恼倾诉出来，让她得到些许宽慰和心安。

实在说来，他俩是谈不上什么情爱的，旧式婚姻，只是遵从父母之命、媒妁之言，完成为谭家传宗接代之事罢了。虽如此，他还是觉得身边的女人，亦有她的凄苦之处，实在也是叫人可怜的。

“你是我一生依靠的男人，如若你在外边有个三长两短，叫我怎么过呢？家中的老人又怎么过呢？那些孩子们，一天天在长大，有一天没有了爸爸，那他们又能怎么过呢？”女人的眼泪滴落在他的后背上，寿林再也忍不住，一把将女人扳身抱在怀里。

“为着你受难的这一回，你都不知道，一家人是如何的提心吊胆，心急如焚，真的是十二万分的痛苦，再也没有什么比这件事情让人痛苦的了。”女人钻进寿林胸前，嘤嘤地哭泣起来。

在寿林的记忆里，和自己的女人从未有过如此的心贴心，也从未有过如此的亲近。

“唉——总算过去了。我这不是好好地回来了，和你在一起呢！还提过去的事情做甚？”

“不说你哪里知道。那时候，父亲一得到你被抓的消息，连饭都吃不下，慌慌张张，满是愁怅，骑马进城去了。一家人也不知道他是为了什么事，也不敢多问，只能焦急地等待。直到几天之后，父亲回来含泪告诉家人，你被捕坐牢了。唉——这晴天霹雳一般的消息，让一家人魂飞魄散，奶奶哭，母亲哭，我也不住气地掉泪，哪里知道如何是好啊！随后，奶奶病了，我也病了。病中的时光，我总是梦见你受苦的样子，可怜煞咯。……此后，父亲几乎天天在城里打探你的消息，然而，回来时哪有半丝笑容啊，一副毫无半点办法的样子，凄凄苦苦的，一家人也都跟着伤心，伤心极了！”

“唉——伤心的事，你还提它作甚！不提也就罢了。我现在不是好好地在你身边么！你不要觉得是在做梦！我们是真真实实地睡在一张床上的！”

顺从的女人，果真抱他更紧了一些，似乎从紧抱之中得到了一些安慰。

父亲是寿林回家后的第二天下午才从城里回来的。父子见面，高兴是自然的。但也一如往常，没有太多的话说。当父亲知道，儿子已经将自己牢狱之中的一些事情讲述给奶奶和家人听过了，心里多少放心一些。只是他知道，儿子的这颗心是不会久留家中的。这个儿子心里头装的早已不仅仅是自己的家庭、自己的家人。

谭寿林利用这次返乡的机会，秘密组织发动谭家岭周边群众，向他们宣传革命道理，号召他们勇敢地站起来，和土豪劣绅，和一切反动派作斗争。谭家岭不远的一处山坡上，至今还保留着谭寿林召集乡亲们开会的石洞。宽敞的石洞，看上去能容纳上百人之众。谭寿林当年就曾在这座石洞里为乡亲们编写、教唱过《打倒国民党歌》这样的革命歌曲。而洞口外，杂草丛生，速丰林甚是茂密，其隐蔽效果倒是天然的好。

在这段日子里，谭寿林并没有像和李省群分别时，战友们所担心的那样，为家庭捆住了手脚。他将自己的调查所得，与最新思考，融汇在一起，创作出了影响广泛的《土地革命山歌》。在这部作品中，谭寿林抒发出了为革命事业，不怕牺牲，视死如归的英雄气概。现抄录如下，与读者诸君分享——

杨柳青青江水平，
四边田野唱歌声；
唱歌不唱风流调，
单唱农民受苦情。

我辈农民种田地，
交租纳税已有余；
官僚地主享大福，
农民生活狗不如。

地主收租吃白米，
官僚勒税吃山珍；
官僚地主真威福，
当我农民不是人。

似虎官僚迫了税，
如狼地主又迫租；
终年辛苦无所得，
饥寒交迫向谁呼！

我辈农民想不通，
做牛做马苦做工；
是否生成天注定，

有吃有穿这样穷？

种田到老穷到老，
到老更穷更困难；
耕田种地挨饥饿，
地主米粮堆如山。

我明白了明白了！
明白为何这样穷；
就是高租兼重税，
剥削一重又一重。

官僚地主虎狼凶，
欺压工农理不公；
剥得工农只留骨，
看他狗命几时终！

开天辟地田何来？
是我农民辛苦开！
农民辛苦种田地，
地主收租理不该。

千年田地谁是主？
哪个田头立了碑？
只要大家合力打，
铁铸江山打得正。

道理讲来真不差，

铁铸江山打开花！
本应耕者有其田，
因何田在富人家?!

个个明白这道理，
大家努力去周旋；
打倒官僚才快乐，
铲除地主才安然。

人人种地有田地，
有饭吃来有衣穿；
若想实现这世界，
大家合力扭转天。

革命成功在眼前，
群众奋斗要争先；
杀头当作风吹帽，
坐监也要闯上天。

如果革命胜利了，
我辈主张得出头；
自己种地自己吃，
谁敢逼税把租收?!

大家努力干革命，
革命一定会成功；
到了那时真幸福，
工农来作主人翁！

第十章

在一个清风徐来的早晨，于晨光熹微之中，谭寿林一手提着随身的藤箱，一手拿着个白布衣包和一把雨伞，穿着女人前几日夜间为他缝补的旧衣，一副乡人装扮，告别了家中的亲人，再度踏上通往外面世界的曲折小径。

与归来时脚步的急切不同，现在的离开，脚下似有千斤之沉重，谭寿林感受着“难舍难分”的滋味。一步三回头，他舍不下生长于此的自家庭院，他舍不下年老多病的祖母，他舍不下含辛茹苦的双亲，他舍不下自己的弟妹、妻儿……这一别，关山阻隔；这一别，山高水长；这一别，再无归期。

前一天夜里，女人忽然问了他一句："你几时再出门？"

"怎么，你的意思，是让我出门，还是不让我出门？"谭寿林并没有回答女人的问话，而是反问了一句。

"这还要问么？我自然愿意你不要出门！不仅是我，就是奶奶和爸妈，也都是这样的意愿。只是，我也知道，你注定是要出门去的，哪里是我做得了主的。"女人说罢，便细声抽泣起来。

"好了，别难过了。我这不是还在家里，还没有动身呢么？哪天出门，现在也还没有个准。手头上也还有些事情要做一做。"谭寿林此刻的心中对家庭亦有了某种眷恋，但理智始终在提醒着他，不能让家庭成了自己革命道路上的绊脚石。因而，心中决定了的离开的日子，他并没有对自己的女人如实相告。

他推说有事情要和父亲商量，起身离开了女人的床铺，敲开了父亲的房门。见儿子深夜过来，父亲当然知道，儿子要出门去了。因而，父亲径直对儿子说道："现今这纷扰的社会，何必再去冒那个风险？要出门，也得看一看时局，稍稍安稳一些，再走也好啊！"

"现在这世界，正是需要像儿子这样的革命者去推翻它，砸碎它！如今，敌人已经快要找到家门口了，我再不离开，会惹祸全家，到那时，儿子就成了不忠不孝的大罪人，罪不能赦了！"寿林将自己前些天外出遇到的危险，如实告诉了父亲。这才提出，明天大早就悄悄离开，免得走漏消息。一旦被敌人尾随，就是上了路，也不安全。所以，望父亲过几日再对祖母言明。

"看起来，只有依你。此次出门，务要小心再小心，不要再有过于鲁莽之举才好。"父亲心情沉重起来……

现在，在离家的途中，谭寿林想起这些，心头一阵一阵酸楚，泪水终于止不住，掉落下来。在自己万般无奈之中，家在视线里渐渐模糊，渐渐远离……直到望不见家的影子时，他才仰天高呼：

"别了！我亲爱的家庭！我的全部身心已不能倾倒在你的怀里，

我要将我的生命献给我们的新时代！”

清晨空旷的田野上，几乎不见人的行迹，唯有谭寿林的呼喊，在空中飘荡，显得那么孤单，那么悲怆。

从家中出发，往设立于市上的车站，不过十几里乡路，个把小时的时间也就到了。车站附近是有一个较大的市场，每月上旬逢三、六、九，中旬逢二、五、八，下旬逢一、四、七，均为市期。在市期的这一天，四乡八邻的乡民们，都会挑着自己的农产品，粮食谷物，瓜果蔬菜，还有就是鸡鸭家禽，猪羊牲畜，到市上去卖，来换取一家人过日子所需要的洋纱、棉布、盐油、酱醋之类。这市期之日，亦算是乡民们的节日了。整个市场上，人声鼎沸，行人来来往往，络绎不绝。而各式货摊，则一处紧挨一处，弯弯曲曲，蜿蜒于街市之上，似长龙一般。

这些自然引不起谭寿林的兴致来，他的心思早飞出这乡间，飞到广州战友们的身边。

这一刻，他只是静静地坐在候车室内，从衣兜里掏出一支“法兰西”式的旱烟斗，含在嘴上吸着，烟斗发出“嗤嗤”的声音。烟丝燃起时，在烟斗内一闪一闪，发出暗红的光，随后，有一股烟雾从他嘴唇间喷出。在旁人看来，此人似行商之人，仅一支烟斗，乡间便不多见。自然，让人高看一眼。

没有到发车时间，此刻是一短暂的闲暇空当。谭寿林就这么静坐着，再热闹的市期，似乎与他无关。他的脑海里，一幕一幕，是回来这几十天的乡村生活，浮现在自己眼前。

一个月色如水的夜晚，已经是夜深人寂了，自己一个人冒着重露，从村外归来，只听得“呱呱”的蛙声，“叽叽”的虫鸣，潺潺的溪流，一起涌入耳中，真是一场久违了的大自然的音乐会。自己似乎看到了一群又一群劳苦的人们，从四面八方赶来，欢快地跳着，向着光明礼赞——

“世界是我们的了！”

“一切吃人的妖魔鬼怪都给我们杀尽了！”

“我们快乐罢！ 从今以后，只有快乐，没有忧愁！”

在这快乐的世界里，月亮悬挂在寂静的天空，将清辉洒向大地，洒向人间。 面对欢乐的人们，自己愉快极了，也跟随着跳起来，唱起来……

一个风狂雨暴的午后，自己曾披蓑戴笠走进自己家的稻田，似一个有经验的农人，察看田中的稻苗。 那勃勃生机的苗儿，任凭风吹雨打，依然茁壮生长着，给自己以信心和力量。 而那溪流边，一群群逆流而上的小鱼，一会儿在流水中冲跳而起，一会儿被流水裹挟而下，上冲，跳起，倒退，再上冲，跳起，倒退……这是怎样的顽强奋起，不屈不挠，自己深深地被感动着，心想着未来的路上又有多少逆流险滩，在等待着自己，一定要做一尾勇于逆流而上的小鱼，革命的小鱼！

几次深夜的梦里，自己面对许多荷枪实弹的敌人，率领着愤怒的战友与他们激战，枪林弹雨之中，一次冲锋，又一次冲锋，这时，自己的右臂膀中了一颗子弹，终于被敌人掳走了。 那些面目狰狞的敌人正要对自己施以毒刑，只听得一阵密集的枪炮声，“冲啊——杀啊——”“冲啊——杀啊——”

敌指挥部乱作一团，缠着红布标的战士们一队队冲将过来，自己获救了，革命胜利了！

“革命成功万岁！”

“侄儿，你原来在这里！ 我以为赶不上了。”谭寿林正沉浸在自己的回忆之中，猛然有人从身后拍了拍肩膀，真正吓了他一跳，以为有“尾巴”发现了自己的行踪。 抬头看时，见是自己的叔父，疑惑地问：“叔父为何赶来？”

原来是父亲实在不放心这一路上寿林一个人，但父亲又不能前来，一是会让祖母起疑；二来也会引人耳目，反不安全。 想来想去，便让叔父前来，也好给寿林做个伴，有个照应。

念及父亲的心意，寿林没让叔父立即回去，而是由着叔父陪自己在县城走了一段。之后，与叔父分别，转道玉林、湛江而经珠海、香港，再回广州，一路上荆棘丛丛，风险不断。

连续的辗转奔波，谭寿林本已倦怠不堪。无奈，入住的小店，烂席破枕上，油腻腻的，散发着咸酸臭味，他实在不忍心躺下。本想静坐代睡，等待公鸡报晓的那一刻，也好继续赶路。哪里晓得，谭寿林刚准备闭目养神，稍稍休息一会儿，这房门便“嘭——嘭——嘭——”地敲击得震天响：“开门！查夜啦——”

此时身着短汗衫、短裤衩的谭寿林，镇定了一下自己的情绪，装着极不情愿的样子，打开门，嘟囔着：“是谁？深夜敲人家门，还让不让人睡觉？”

“你没听见么，查夜！”只见一穿白短袖上衣的人进了房间，门口边站着两个扛枪的士兵。进来的便衣模样的人劈头问道：“叫什么名字？”

“李××。”

“什么地方人？”

“××地方人。”

“到什么地方去？”

“到××地方去。”

“去干什么？”

“做生意。”

“带了什么东西？打开看看。”

于是，便衣人不由分说地，让两个士兵进了房间，将谭寿林的小藤箱和随身衣包，全部打开，零散衣物，一一抖落过后扔在地上，见实在没有可疑之处，便伸手索要“查夜费”。这一刻，谭寿林纵然有万丈怒火，也只能强忍着。就是几个铜板，也只得给了。

万幸的是，他随身阅读的几本进步书籍，因藏在藤箱夹层内，没有被搜查出来。还真是险呢！

逃过了巡查一关，谭寿林的返回之路并没因此而顺畅起来。在返回广州的海上，又遭遇到了一场强风暴，惊涛骇浪之中，木船似乎随时都有倾覆的危险。

原来，谭寿林此番由旅店掌柜代购了“房舱”船票，登船之后才发现，这“房舱”并不在轮船上，而是一只木船由一艘小火轮拖着前行。万般无奈之下，谭寿林别无选择，只得上船。哪里知道，就是这样的木船，也是被猪啊鸡啊等家畜家禽占去大半，整艘船到处弥漫着热烘烘的鸡屎臭和猪屎臭，刺鼻难忍。

随着夜色降临，白天太阳的炎热开始散去，海上凉风习习，总算好受一些了。然而，没多久，月色暗淡，乌云密布，海浪翻滚，木船一会儿上，一会儿下，剧烈颠簸起来。谭寿林顿时感觉腹中也似海浪一般，翻腾不息，头晕目眩，难以支撑。于是，赶紧回舱中躺下。

此时，一场急雨，似奔腾的群马，疾驰而来，狂风骤起。船夫们大约没见过这般险恶的风浪，一个个惊慌失措，惊恐万分。

“老天爷呀！保佑保佑我们吧！”

“碰上这种鬼天气，跟到了鬼门关有什么区别呢，怕是逃不过啦！”

“哎呀，这回死定啦！喂鱼啦！”

船夫们的惊慌，带来了船客们更大的惊慌与恐惧，木船被一片悲哀的气氛笼罩着。风掀起巨浪，咆哮着，企图将小小的木船倾覆；雨狂泻不止，将小小木船压沉似乎就在瞬间；最是那激越的海浪，似脱缰的野马，卷起险恶的漩涡，随时都可能将小小木船吞没。一切都危在旦夕，一切都命悬一线。

在这样惊心动魄的关头，谭寿林竟然于风声、雨声、海涛声、呼号声中酣畅入睡，有如失去知觉之人，无惧地度过了一个险恶、黑暗的夜晚。

当他醒来时，一缕阳光从船舱的小圆孔投射进来，黎明已经到来，一切归于安宁。他步出船舱时，鸡鸣猪唤，一如先前充塞于耳。

天气清凉，不似昨日炎热，让他颇感愉快。此时，放眼望去，浩淼的海面上，只有他们木船停泊的一座孤岛。

“朋友，我们所乘木船怎么停泊在这里？”谭寿林疑惑地问船夫。

“难道你不知道吗，昨夜风大雨大，浪急涛涌，我们差不多都要跳海见龙王了。”船夫这刻儿开心地说道。

“噢！我是难受过一阵子。后来风浪汹涌时，我反而睡觉了。”

“真是个怪人！我们准备跳海，你倒能安然入睡。”船夫们觉得谭寿林有点儿不可思议。

其实，风浪大作时，谭寿林还没有完全睡着。木船上一片悲戚之声，他也是能听到的。只是他没吭声，心里想着不求无用之神，索性放松躺下，听凭大自然的发落。这样一放松，连日奔走的倦意猛袭而来，他很快就进入了梦乡。

由于自然力量的牵引，谭寿林辗转来到了香港。

“曼殊同志是几时到的？途中一定很辛苦罢？脸色很憔悴呢！”刘曼舒关切地询问道。

原来，陈勉恕一得知谭寿林到港的消息，便安排自己的妻子和另外一位女同志迅速前往谭寿林的住处探望接应。刘曼舒所喊“曼殊”一名，是谭寿林在革命生涯中用过的几个化名之一。他后来到上海工作时，曾化名“覃树立”。此为后话，暂且不叙。

谭寿林还没有回答刘曼舒的问话呢，身旁的另一位女同志，接着又问：“曼殊同志是不是从广西来的？”她好像已经认识谭寿林似的，没有一点陌生的感觉。

“我说曼舒同志！这位密司是谁？你也不介绍介绍。”谭寿林似有责备的，对刘曼舒笑着说。

“那不用介绍的！我早就认识曼殊同志。在你被敌人俘虏去的时候，我们都一样地担心呢！好像我是在广州见过曼殊同志的吧？”没等刘曼舒开口，这位女同志径直接过了谭寿林的话题。

“她嘛，就是顶顶有名的密司芳，我们队伍里的泼辣货王凤姐！”刘曼舒一边向谭寿林介绍他不认识的女同志，一边又借机取笑取笑自己的女伴儿。

“哦，是密司芳，久仰！”谭寿林礼节性地应承一句。

“太客气了！”只见“密司芳”跟谭寿林客气了一句，直接动手想揪刘曼舒的嘴巴，“你敢这样取笑我，太放肆了。看我不拧歪你的嘴。”

她们两个在相互打趣的时候，倒让谭寿林有了一个细细观察“密司芳”的机会。但见她，剪得一头齐耳短发，眉清目秀的模样，尤其是那双眼睛，水汪汪的，很是灵动。脸部表情，还真有点刘曼舒所说的“泼辣”劲儿。但那苹果般的脸蛋儿，倒也不失女性的柔美。

再看她一身素洁的布衣裙，把身体的线条衬托得弯曲有致，丰满而不显臃肿。加之脚上白鞋白袜，整个给人一种淡雅纯洁之感。这样的装束打扮，早把浓妆艳抹之辈抛出九霄云外去了。

她的身材，她的语言，她的态度，反映到谭寿林脑海里，化为两个字：可爱。

“你看曼殊同志看中你了呢！密司芳，你芳心不会动么？”刘曼舒见谭寿林看身边的女同志，看得入迷了。

“密司芳”随着刘曼舒的话，看了谭寿林一眼。这一眼，让她自己的脸颊涂上了薄薄的红色，女孩家那种娇羞，不自然地就流露了出来。谭寿林见状，也赶忙用其他话岔开。这也让“密司芳”成了他笔下“爱人”的形象。

谭寿林在他著名的中篇小说《俘虏的生还》中，对“芳妹”可谓倾注了大量笔墨和情感，为我们塑造出了一个形象鲜明、生动可感的女性革命者形象。同时，也生动描写了革命青年“曼”和“芳妹”之间感人的爱情故事。

谭寿林笔下的“芳妹”对“曼”是关怀备至、体贴入微的——

“曼呀！应洗一洗澡了！

“曼呀！应洗一洗足啰！

“曼呀！衣服脏了也不识换！

……

“曼呀！凉坏你哩！来和我们一块儿睡罢！”

谭寿林笔下的“芳妹”对“曼”也是深深爱恋的——

“曼！我爱你！我——我十分爱你！我不能一刻离开你，不愿你一刻离开我！你！你是怎么样啊？你！……”

在《俘虏的生还》中，谭寿林同样借革命青年“曼”的口向“芳妹”倾诉了衷肠，塑造了一个内心情感十分丰富的青年革命者的形象。现抄录“曼”的一封狱中书信，以资佐证。

芳妹！我深爱的芳妹！我心窝里的芳妹！

你知不知道你爱的曼哥是处在什么境地？你不会猜我留恋黄鹤楼头的残景吗？如果你是这般猜，那是错了，芳妹！你是归来C地，我的肉体虽被搬到了黄鹤楼头，灵魂儿是时时刻刻围绕在你的身旁的，你的眉毛有时会突然战（颤）动，你的心房会忽然的急跳，你的精神有时会感到烦闷，都是我灵魂儿围绕你的作用。芳妹！你相信吗？不会不相信罢？我也时时刻刻都觉得你的灵魂是围绕着我呢，我时时刻刻都发现你的影子在我身旁，我每想和你握手，每想和你接吻，每想……每想……但是你的影子又忽然消失了，我是若醉若狂，若痴若迷，又不是为着你的灵魂的作用吗？芳妹？你相信吗？不会不相信罢？

我和你在H港凄然分别以后，大约半个月的光景，我又回到了C市。我回C市虽然也是为着我们的工作，但我不能欺骗我的良心说完全是为着工作，而不是为着我爱的芳妹。我真喜欢，十二万分的喜欢，我能够有机会离开黄鹤楼头的附近，回到你寄迹的C市来！扬子江边的美丽的景物，我没有流连，也不敢流连，不忍流连，我只恨轮船驶得太慢！海天月夜的景色，我没有心情去赏鉴，但我曾对这美丽的大自然的景色叹息过！我凄然的低声自语：我此刻是在海风清爽的夜里，冷清清的独自凭着船栏，呵！倘若我的芳妹是在我的身旁，偎倚着我的身体，温言软语的答问，那海天月夜的景色，才是供我的赏鉴，我们怎么样甜蜜呵！然而，如今，如今是冷清清的独自凭栏，对着海天月色，益足增我的惨痛呵！芳妹！我那时候的心是空虚。不，不但是空虚，实在是创痛，是似给利刀攒掘一般的创痛！你相信吗？你不会不相信罢？

我到了C市，呵！我到C市的时候，那更是喜欢极了，生平从来没有那样喜欢，脚踏码头时，自己也会露出愉快的笑容，行路也似增加了一种伟大的活力。我相信那时候是你的灵魂来迎接我，因为我眼前一切都是模糊，只有你的倩影是清晰的呵！芳妹！是不是这样？你能不能告诉我？我到了C市，就想抛却一切，先去寻访我爱的芳妹，可是，事实不许我，事实告诉我，你是需要万分秘密的，我哪里敢为着我们的情爱而破坏你必需的秘密，破坏我们的工作呢？我的心也实在是脆弱到极点了，那时竟这样没有勇气去访你了！芳妹！你不责怪我吗？你就责怪我，甚至骂我，打我，我也是甘心承受的！

芳妹呀芳妹！那时候我实在想去访你，访你于（与）你秘密的住处，把我那创伤的心求你医治，把它完整如初——和我在H港时一样！但是，现在有什么办法呢？我只有忍着创痛，一直忍耐我们光明时代的到来，才求你医治罢！我爱的芳妹！到那时候，你一定会答允我？不会拒绝我罢！

芳妹！你如果是知道我早回到C市了，你又会猜我如今是怎么样？你是猜我是为工作而劳憔吗？你是猜我在桌旁吸着纸烟，蹙着眉端苦思焦虑吗？你是猜我夜里卧在破衿烂被中辗转寻思吗？如果你是这样，那是错了！芳妹！我如今已没有那么样自由了，要想那么样自由辛劳也不够了，在×日的夜里，我被敌人俘虏，我失却一切自由，做了笼中的鸟儿了！我爱的芳妹！倘若你听了我的告诉，或者已早知道这消息，你不会伤心痛哭吗？但是，芳妹！别伤心！别痛哭！这并不是意外，在我们敌人凶残暴戾的时代，我们早就认为必然的事情了。别伤心！别痛哭！我劝你，芳妹！只有努力，不断的努力！奋斗，不断的奋斗！才能消灭我们的敌人！救出我们自己！

我被捕的那天，是参加××的紧急会议，从白天一直议到深夜，我们把很多重大问题都解决了，把很多计划都规划好了，我那时是怎样愉快，你或者也会体会得到，不容我再来叙述。不料我在深夜行回住处，碰着他们戒严的阵线，就是这样被捕了。但是，他们得不到什么可以加罪我的证据，我只是嫌疑犯而已，生命或不会有危险——然而危险又怎么样呢，人生反正只有一死？这样死了，也不能不算是把生命贡献给我们的新时代。芳妹！你说是不是？

呀！芳妹！我爱的芳妹！我是怎样矛盾得可笑呢！在一刹那间我是认死为不足害怕的。但我立刻又不敢向死的方面想，我又是愿意生存。这或许是这世界有你存在着，我就不忍死罢！或许是觉得我生存仍是有丝毫的用处！为着我们的工作，为着我爱的芳妹，我哪里忍心想到死的一方面？芳妹！我想你一定也希望我生存，不愿我就此死灭的。那末，请努力奋斗！这样才能杀灭敌人，才能救出我们自己，我和你也会有欢叙的机会！

监狱虽不自由，虽是给我种种难堪，种种非人的痛苦。但是，监狱生活，我是成了习惯了，一切我都视若寻常。残刑酷罚，苦了我的肉体，却不能伤害我的灵魂。枷锁重重，牢锁了我的肉体，却不能约束我的灵魂，我的灵魂是追随着你，追随着我们鲜明的旗帜。你如果觉得奋斗的精神是日益健旺，那便是我们的灵魂已结合在一起了！芳妹！努力罢！

芳妹！我在梦中看见你的孜孜不倦的工作情形，我是愉快的微笑了。我在黑暗中看见一线光明，我知是我们的光明时代已经发轫了。我在万声纷杂中听见了我们战士的呐喊，知道大战斗已经开始了。芳妹！我现在是无用，只有静待你们来援救。芳妹！几时才能听见狱外悲壮的歌声呢？那时候，我会明白是你们来破狱，我将和一切受难的同志和着你们的歌声，奋力打破枷锁！呵！芳妹！那时候我们该是怎样愉快呢？现在我是不知道，你也不会就想到的，且到那时候再切实的表演罢！末了，祝你努力！

你爱的曼　　×日于狱中

这封信中，“H 港”，便是香港；“C 市”，是指广州；“黄鹤楼头”，代指武汉。因《俘虏的生还》带有较强的自传色彩，这也就为我们了解谭寿林革命斗争轨迹提供了帮助。从这封信中提供的情况看，“曼”到了“黄鹤楼头”，实际上是写 1927 年 6 月间，谭寿林同志到武汉参加全国第四次劳动大会。而那次“从白天议到深夜”的“紧急会议”，应该是 1927 年 10 月间他在广州参加的一次重要会议。

谭寿林在这封信中，也借革命青年“曼”之口，预言了一场“大战斗”的到来！

第十一章

高高的围墙下，站立着一对一对荷枪实弹的士兵，让这座被高墙包围着的楼房，显得阴森、恐怖。

一些人们经过这座位于广州某街道之上的高大建筑时，呈现出异样的表情，更是让人感受到此地的非同寻常。你看，有的人路过此楼，咒骂不断；有的人路过此楼，愤恨不已；有的人路过此楼，哀伤叹息；有的人路过此楼，暗自泪流。这里，当然不是一幢普通的楼房，而是广州城里的一座监狱。

这座监狱，整体高仅有三层。从外观上看，不中不西，半新半旧，没有什么特别之处。然而其四周砌有坚固而高耸的砖墙，再加之四角和门口，每处都布置着两个武装士兵，增添了此地的杀气。再看那楼房上，并没有一般楼宇常见的宽敞窗户，而是一只一只鼠眼似的小窗，直到夜幕降临之后，才会透出一线电光。进得楼内，每一房间均似鸽笼一般，每间房的门口，均钉有字牌号。

谭寿林，便是坐在北面一排的第四十八个房间里，其门口的字牌号为："北字四十八号"。与谭寿林同坐一起的，还有十五六个青年囚犯。

正如谭寿林在《俘虏的生还》中所叙述的那样，他是在某个深夜回自己住所的路上，被莫名其妙地逮捕起来的。

那时，他曾受中华全国总工会的委派，到香港巡视工作。由香港返回广州后，则秘密住在长堤某酒店的三楼一僻静的房间内。没过几日，谭寿林感觉到自己的安全受到了某种威胁。酒店的掌柜和茶房们，对他纷纷投来疑惑的目光：每天只见他忙碌，清晨离开，深夜方归，不知其究竟忙碌着什么。既没有阔商富豪登门相谈，亦无达官政要相邀欢聚。而他自己，在掌柜和茶房们看来，既没有阔商巨贾的作派，也没有政界要员的架子。夜晚巡捕敲门稽查，更是摆出一副凶神恶煞的嘴脸，总是反复盘问再盘问，真似对待强盗窃贼一般。

在朋友的帮助下，谭寿林搬到了僻远巷角的一间黑房子里居住。这里，要补充交代一下，1927 年 6 月 5 日，谭寿林奉命赴武汉参加全国第四次劳动大会时，他在广州创建的联络站工作便告终止。李省群等人随之辗转到了香港，继续从事革命斗争。

被捕的那一天，白天下着小雨。谭寿林穿着半湿的旧中山装，跑了好多地方，与同志们畅快地交谈，谋划着未来的工作，他为同志们努力地工作而高兴，自己的精神和斗志，也是颇为旺盛的。与前几个月漂泊无味的生活相比，现在的革命工作让他的生活充满了生机和活力，他感受到了无限的光明和希望。

他沉浸在一天富有成效的工作之中，想想该走的地方都走了，该见的同志都见了，会议开到深夜所有重要问题都讨论完毕，并且作出了周密的部署。没有什么比革命工作顺利推进，再让谭寿林和同志们感到心情舒畅的了。因此上，谭寿林和同志们分别时，是互道了“早安”，十分开心地上路的。

细雨的深夜，人迹稀少原本就是极正常的。然而谭寿林没有发现，他回来时的这条归路上，是除了自己之外，再无一人。直至进入小巷口时，他才看见五六个背枪的士兵，枪上还上了刺刀，一字排在巷口。他正疑惑，巷道内究竟发生了什么？这时，一束电光直射过来，刺得他眼睛都难以睁开。

猛听到有人发问：“口号！”

“我没有口号。我就是住在这条巷子上的。”谭寿林见情形不妙，连忙高声回应。

“没有口号不能通行！戒严了，你不知道吗？”

“我不知道戒严。请放我过去，我就住这里。”

“不行！”

“那怎么办呢，我不能不回家呀！”谭寿林边说边向前走着，以为士兵可以看着他态度诚恳的份儿上，放他一马。

谁知，那个执手电的队长模样的矮胖子径直来到谭寿林跟前，大声吆喝道：“混蛋！站住！不听，就开枪啦！”

矮胖子接着机警地打量着眼前这位书生一般的青年，冷笑了几声：“哼哼！戒严时间还乱走，一定是乱党！来呀，拿住！送司令部！”

听到命令的士兵，一拥而上，没有让谭寿林有任何反抗之机，一根麻绳反绑了双手，之后被送往了“司令部”。

因为从谭寿林那里，没有得到任何一点有用的证据，敌人只能将他作为“嫌犯”“待查明核办”，第二天送进了监狱，胸前挂上了“二三〇一”的号码。从此，谭寿林又有了新的代号，再度开始了被俘的牢狱生活。

也是因为“嫌犯”“待查明核办”，敌人将谭寿林与一批“政治犯”关押在了一起。

“同志！”当谭寿林在狱中向狱友们讲述了自己被捕的经过之后，听见了一个亲切而悦耳的称呼。这一声，让谭寿林惊讶，让谭寿林激动，让谭寿林心里有无限的温暖。

他真的没有想到，在这样的境况下，还能有志同道合的人，还能有自己的同志。

一位编号“二三〇〇”的狱友，向编号“二三〇一”的谭寿林介绍道：“我先将这里的专用名称告诉你。看守的卫兵，我们这里叫‘白牛’，狱卒叫‘棺材老鼠’，监狱官叫‘死尸’。这些你要好好记着。”

其他狱友也在“二三〇〇”话语的启发下，介绍了犯人们每日必做的一项重要工作。那就是“捉虱子”！其实，关键还不在“捉虱子”本身，而在于虱子的用途。狱友们不介绍，是谭寿林怎么也不会想到的。

狱友们脱下污秽的衣裳，有时甚至连遮羞裤也都脱了下来，盘膝而坐，捧着脱下的衣裳，仔仔细细地，一遍一遍地，反复翻看，快速捉捏。让谭寿林称奇的是，这捉出的虱子，竟然成了狱友们“战斗”的“武器”。

原来，狱友们捉到的虱子，都活蹦乱跳地，被二次放养到了可恨的狱卒身上。这让谭寿林感受到，革命者只要想斗争，只要坚持斗争，无论什么样的环境，无论什么样的条件，都能找到适合的斗争武器和斗争的办法。

在狱友们的相互鼓励下，谭寿林在监狱里也度过两个多月的时光。

这时广州的“气候”，似乎发生着微妙的变化。人们发现，不少有钱人，纷纷携带着贵重的财富，不是跑去珠海的租界，就是躲避到了香港。还有一些有钱人，纷纷选择隐蔽之所，贮藏自家贵重财物。整个广州城，如若家中颇为殷实，就是青天白日，也都屋门紧闭，连小孩在街头嬉戏，都被大人们禁止了。

倒是那些劳苦的民众，大家伙儿一起议论起来，情绪很是高昂，言语之中充满着期待。

“我们害怕什么，横竖光棍一条！”

“他妈的，起来了那是很痛快的！至少我们要杀掉几个奸商，出一出怨气。”

“恨不得现在就动起手来，给平时欺辱我们的狗官一些厉害。”

这些迹象，也有渠道传到了谭寿林他们所在的监狱。谭寿林意识到，一场狂风暴雨，一次“大战斗”，就要来啦！

该是“大战斗”到来的时候了！统治阶级的地位早就开始动摇，劳苦大众不能再忍受痛苦的压迫，不能再生活于水深火热之中了。我们将听到悲壮的“战歌”，将看到飞扬的“战旗”，将看到横扫一切旧势力的革命力量，似大潮激荡，席卷大地，奔腾向前，势不可当。

“同志们，喂——，同志们！你们知道广州近来的消息么?”谭寿林把“北字四十八号”监房里狱友们召集起来。

“知道的，大约大的战斗就要到来了。”“二三〇〇号”有些兴奋地说。

“是啊！我也是这样想，希望同志们在大的战斗中得到生还。”

“是我们用力量粉碎一切枷锁的时候了！同志们准备着吧！”大家热切地悄声议论着，内心的一团火被点燃起来，周身的热血奔涌起来。谭寿林在同志们面前，坚定地挥了挥拳头，号召大家。

1927年12月11日凌晨三时许，广州起义爆发。

张太雷、叶挺等起义领导人，在北较场四标营教导团驻地，宣布起义军成立，任命教导团原第一营营长李云鹏为团长，叶镛为第一营营长，赵希杰为第二营营长，饶寿柏为第三营营长；同时，发布了举行“暴动”“夺取政权”的口令；逮捕各营反动军官数十人，对顽固派实施就地镇压，当场枪决了反动团长朱勉芳。随着处决反动军官的枪声在教导团上空响起，起义正式打响。

国民革命军第四军教导团、警卫团一部和广州工人赤卫队的七个联队、两个敢死队，共约六千余人所组成的起义部队，向广州各预定地点发起迅猛进攻。

教导团分三路进发。东路，叶挺、李云鹏率领第二营和炮兵连，直奔沙河，目标是消灭李福林部步兵团；中路，叶镛率领第一营进攻东较场、广九车站和市公安局。激战中，公安局长朱晖日爬墙逃脱，保安大队长李作明被击毙。起义军砸开公安局牢房，八百多名共产党员和革命群众被营救出来；北路，饶寿柏率领第三营攻占省长公署和观音山。警卫团战士在战斗中处决了敌参谋长唐继元等反动军官。

天亮前，起义军已经占领了除第四军军部、中央银行、军械库等少数敌军据点之外的珠江北岸大部分地区。

六时左右，广州历史上一个庄严的时刻到来了。那就是，广州苏维埃政府在原广州市公安局内宣布成立。主席：苏兆征（未到任前由张太雷代理）；内务兼外交委员：黄平；肃反委员：杨殷；土地委员：彭湃（未到任前由赵自选代理）；劳动委员：周文雍；司法委员：陈郁；经济委员：何来；海陆军委员：张太雷；秘书长：恽代英；工农红军总司令：叶挺；工农红军总参谋长：徐光英。

尽管这一苏维埃政权只存在了两天时间，但它的意义和影响，却是注定要彪炳史册的。这是共产党领导的又一次重大的武装斗争，其中一部分武装力量，也成为后来的中国工农红军的一部分，他们与朱德、陈毅率领的南昌起义部队一起，上了井冈山。

广州起义让大批革命者和革命群众从反动派的牢房中解放出来，获得新生。他们当中不少人随即便参加了广州起义这场“大战斗”。

谭寿林就是其中的一个。

12 月 11 日凌晨，“北字四十八号”监房内，原本热切关注时局变化、盼望“大战斗”的狱友们，还沉睡于梦乡呢，忽然，一阵密集的枪声响起，紧接着是杂沓的脚步，“噼噼啪啪”响成一团。

“同志们，有情况！”谭寿林机警地叫了一声。

随着谭寿林这声提醒，狱友们纷纷支起了耳朵，凝神屏息，听着外面的动静。

“听！ 枪声又起来了。”

“不止是枪声，似乎还有炮！”

“是的，炮击声！”

“同志们，大的战斗终于来了！”谭寿林兴奋地向大家宣布。

枪炮声越来越密集，歌声也越来越近——

……起来，饥寒交迫的奴隶！
起来，全世界受苦的人！
满腔的热血已经沸腾，
要为真理而斗争！……

“是了，革命的歌声！”

“对！ 非常响亮的歌声！ 同志们，唱起来吧！ 投身到这场盼望已久的大的战斗中去吧！”谭寿林带头高唱起来，顿时，监房里响起了庄严的《国际歌》——

……旧世界打个落花流水，
奴隶们起来，起来！
不要说我们一无所有，
我们要做天下的主人！
这是最后的斗争，
团结起来到明天，
英特纳雄耐尔就一定要实现！……

监房里同志们悲壮的歌声，和应着监狱外的革命大潮。这歌声，很快从“北字四十八号”传播出去，谭寿林听到了来自其他牢房的歌唱，忽然间，整个监狱似乎都被这悲壮的歌声所淹没。狱吏们大概早就抱头鼠窜，落荒而逃了。

“一，二，三！ 踏！ 踏！ 踏！”这是群众的声音，从监狱外拥了进来。

“杀——杀——救援我们的同志！”这是革命战士的呐喊。

不一会儿，监狱的铁门被打开，谭寿林和同志们很快汇入了滚滚向前的革命大潮之中。

“走罢，同志们！ 我们赶快上战场啊，这世界已经是我们的啦！”冲出牢房的谭寿林浑身充满着力量，充满着斗志，他奋力挥舞着右手，向狱友们发出号召。

“欢迎革命同志！”

“革命胜利万岁！”

奔腾的脚步声、高亢的歌声，雄壮的口号声，夹杂着激烈的枪炮声，汇成一个巨大的声音的海洋，向世界宣示着强大的革命力量。

“同志们，都来领取一个红领巾，这是我们革命战士的标志！”

“快去领取自己的武器、子弹，快速投入战斗吧！”就在这时，一个熟悉的身影出现在谭寿林面前。她手上不停地忙碌着，向出狱的同志们分发红领巾，还不住气地提醒大家：领了红领巾之后，再到另外的地方领取枪支弹药，赶紧奔赴战斗的最前线。她依然是一头齐耳短发，显得精神而干练。在谭寿林眼里，她简直就是一团火，一团为革命燃烧着的热火。她就是“曼哥”日夜思恋的“芳妹”。

“好同志，请你给我系上这红领巾吧！”他走到她跟前，这样要求。

“同志，别开玩笑。你没看到我这里，正忙着呢么？”她并没有细看一眼眼前须发皆长，早已变形了的“阿曼”。

“不！ 我一定请求你给我系上。这样，我才能鼓起勇气，走上战斗前线，奋勇杀敌。”他仍然继续着自己的请求。

“哦？ 这位同志，我怎么有些听不懂你的话呢？ 既然我给你系红领巾能带给你力量，那就来吧，我给你系！”这时，原本忙碌着的她，只好停下手里的工作。

“慢着！ 我且问你——”

“你这个同志，倒是有点怪呢，我不给系时，你想着让我给你系。我停下工作来给你系，你又不让。 我倒要听听，你要问些什么？”

“你充当先锋队，到这里可是为了救援我们的同志？”

“当然是为了救援我们的同志！”

“那就应该包括你的‘曼哥’，对不对？”

“‘曼哥’？ 他在哪儿？ 你见过他么？ 快告诉我，他在哪儿？”她一脸的惊喜，一双眼，水汪汪地盯着眼前的这个“怪人”。

“芳妹呀芳妹，‘曼哥’就站在你跟前啊！”

“芳妹”望着眼前这个头发长而蓬乱，看上去又黑又瘦的青年，既欣喜又心疼，赶紧问道：“你就是‘曼哥’？ 真的是你么，‘曼哥’？！”

“真的是你了，‘曼哥’，怪不得声音很像呢。 你又受苦了。 现在这么忙乱，我哪里会从声音，就想到你会出现呢！ 我的‘曼哥’！”

两个相爱的革命青年，紧紧地拥抱在了一起。 热泪止不住地，从“芳妹”眼里流淌出来。 她一下子感受到从来没有过的幸福。

“芳妹”将“曼哥”手中的红领巾拿了过来，在自己的唇边吻了吻，之后，郑重地系到了他的脖子上。

“所有的革命同志，请快速到××地去领取枪支弹药！ 请同志们快速行动！”一个手持电喇叭的同志，向着整个队伍高喊着。

“芳妹，再见！”

“‘曼哥’再见！ 珍重！”

……

根据组织上的安排，谭寿林后来直接参与了广州起义的肃反工作。

第十二章

二十世纪二十年代末的上海，灯红酒绿，纸醉金迷。这十里洋场，无疑是个鱼龙混杂、泥沙俱下的大染缸。一个青年，猛然置身这样的“大染缸”，如果没有足够的“定力”，还真的极有可能迷失方向。

经历广州起义失败之后，谭寿林由香港辗转来到了上海这个“十里洋场”。他身处的环境变了，满眼的霓虹，满耳的靡音，满街的妖艳。诱惑，陷阱，陷阱，诱惑。然而这一切，对于谭寿林而言，又算得了什么呢？不错，他是个青年！但他从北大追随李大钊先生，一路走来，革命的脚步已无比坚定，革命的理想已融入自己的血液与生命之中。因此上，他朴素的生活习惯没有变，他植根于灵魂深处的思想没有变，他保持着一个共产党人的本色，没有变。

一只旧藤箱，一套旧西装，一床破棉被，几乎是他的全部家当。虽然与在广州相比，谭寿林在上海的工作和生活条件都有了较大改善。但是，他坚持将自己一半的生活费，不是用来帮助困难的同志，就是直接上交给组织。他每月的伙食费，从未超过三块钱。

刚来上海时，他和黄日葵、舒大桢、陈居玺等几位同志一起居住在劳勃生路，秘密从事地下工作。每逢大家生活上碰到困难时，他总是想法子帮助。而自己的难处，从不轻易让别人知道。

有一次，他患上了肋膜炎。既不告诉同住一起的同志，又舍不得花钱去医院治疗，直到一个月之后，他高烧不退，卧床不起，这才找了一个同乡医生看了一下，胸痛、气短的症状稍有好转，便又投入工作之中。

这期间，他密切关注着家乡的革命事业。1928年2月7日，他和黄日葵、李其实、陈英、陈宝符、阳心畲、魏柏冈、罗烈等八名广西籍中共党员，联名向党中央写出了《广西的组织情况，工农革命运动及对今后工作意见》的报告，总结回顾了广西党组织和工农革命运动的情况，对今后广西党的工作提出了“六个方面建议”：“希望南方局多注意广西的党，加紧广西方面的工作”；“在南方局加入一个熟悉广西情形及在广西工作过的同志”；“恢复广西今后的党的建设工作计划”；“派得力同志入平南主持党务，派军事同志入鹏化山设法领导山中的武装农民”；“南方局应有一个发展广西党和工作的具体计划”。

报告受到了党中央和南方局的高度重视，1928年上半年，中共南方局就先后派出了几批党员干部赴广西开展党的工作，并于6月，在贵县召开了中共广西特委扩大会议，受损严重的广西党组织，至此得到了快速恢复和发展。

1928年春，谭寿林在参加中华全国总工会工作不久，调任全国海员总工会秘书长。在这一阶段，他遇到了一生之中的真爱，后来与其结为革命伴侣的“洪湖女英雄”钱瑛。

钱瑛，1903年5月14日出生于湖北咸宁一户殷实的经商之家。在这样一个“道德守旧，学问唯新”的家境之中成长起来的钱瑛，一方面有条件熟读四书五经、唐诗宋词，另一方面也有机会接触到一些新思想和新事物。其后发生的一件事，让钱瑛认识到要真正冲破封建枷锁，就必须走出家庭，拥有完全独立的人身自由。

当钱瑛出落成一个亭亭玉立的大姑娘时，母亲竟然未经她同意，就将她许配给了一大户人家。对“父母之命、媒妁之言”本身就反感的钱瑛，对未来正充满着美好的向往，对爱情更是有一份美好的期待。做梦，都梦想着能遇上自己喜欢的“白马王子”。

现在，母亲要打破自己的梦想。这怎么可以呢！宁为玉碎，不为瓦全。性格刚烈的钱瑛，选择一个极端的方式：在留下一封绝笔信之后，将一把剪刀深深地刺向自己的咽喉。

因婚姻问题闹得与家里水火不容，让母亲对女儿时时提防，时时警惕。女儿房间异常的动静，引起了母亲的警觉。打开房门时，母亲看到了倒在血泊之中，奄奄一息的女儿。万幸的是，悲剧并没有上演到无法挽回的地步。母亲的及时发现，挽回了钱瑛的性命。

以死来抗争封建婚姻，让母亲再也不忍坚持“父母之命、媒妁之言”的那一套了。钱瑛的颈部虽然从此留下一道深深的疤痕，但她的拼死抗争，也为她赢得了全新的生命。

受钱氏家族中有中共“红色理论家”之称的钱亦石影响，钱瑛进入了湖北女师，接受进步思想，参加学生运动，融入时代大潮之中。在她二十四岁那年，终于成长为一名中国共产党员。

革命的征途，从来就不是一帆风顺。钱瑛在追随党的脚步时，也是历尽艰险。当她离开白色恐怖的广州，寻找党组织的时候，就曾经慌不择船，错上了贩卖女人的黑船。钱瑛发现情况不对之后，便不顾一切地跳入了滚滚珠江。幸得好心渔民相救，她才没有葬身鱼腹。

真是祸不单行。刚逃离黑船的钱瑛，在投宿一家小客店时，又被两名图谋不轨的男子盯上。一直尾随至门外的不轨男子，自然逃不过钱瑛的眼睛。她紧关房门，一刻也不敢入睡。此刻的钱瑛，不仅不能入睡，而且要想办法摆脱这两条“恶狼”。

从自己遭遇匪徒的事件上受到启发，钱瑛随身掏出一方手帕，在手帕上仿了一首《木兰辞》，诗中叙述，自己是一个节孝女，随家父外出投亲遭遇歹人，父亲被歹人打死，财物被歹人抢光，自己万般无奈，只好四处流浪。

待钱瑛精心准备好这一切之后，天色亦已放亮。钱瑛设法，将两个不轨男人引向火车站。看见钱瑛上了火车之后，两个男人毫不犹豫地也上了火车。不一会儿，列车开始检票，钱瑛当然无票，被警察搜出一方手帕之后，带到了站长室。

俗话说无巧不成书。这里的站长，倒是个重旧礼、爱词赋之人。当他从乘警手里拿过手帕一看，这女子仿的《木兰辞》写得真的是好，情真意切，如此“节孝两全”的女子，不买车票实在是不得已的，哪能处罚呢！站长十分大度地来了个网开一面，放行了钱瑛。

两个不轨男人，见他们跟踪多时，眼看着就要到嘴的一块“肥肉”被“警犬”“叼”走之后，竟然被迂腐的站长给放跑了，只能干瞪眼，干着急，没有一点办法。

钱瑛靠自己的才智，不仅甩掉了两只“恶狼”，而且被站长安排顺利到达了目的地。到达香港之后，钱瑛终于成功找到了自己的组织。1928 年 7 月，她被派往上海全国总工会秘书处配合谭寿林工作，承担秘书和交通方面的具体事务。由此，钱瑛遇上了自己生命中的革命伴侣。

这时的上海，被白色恐怖所笼罩。在此境况下，从事党的地下工作，每时每刻都要冒着生命危险。钱瑛此时被派往上海，无疑是要经受严峻的考验。为了她的人身安全，组织上也明确提出，她到上海之后，和谭寿林同志以“夫妻”名义住在一起，开展工作。

那是她从香港准备动身时，恽代英找到钱瑛，对她说：“钱瑛同志，组织上决定你去上海，到全国总工会机关做秘书和内部交通工作，具体找谭寿林同志。他是广西人，北大的高材生，几次出入敌人监狱，很有斗争经验。”恽代英稍稍停顿了一下，又关切地说：“上海那个地方情况复杂，为了工作需要，组织决定你和谭寿林同志以夫妻关系作掩护开展工作。”说罢，他打量着钱瑛，问：“你有什么想法没有？”

“没有想法。我服从组织决定！”一心只想着为党工作的钱瑛，此时并没有想得太多，回答得很是干脆，响亮。

“好！”恽代英非常满意钱瑛的表态，接着将她前往上海需要注意的事项一一作了交代。

一是接头的标志，钱瑛需挎一绣有白猫的软布包；二是接头暗号，上海方面见此“白猫”，便会有人主动寻问：“小姐，需要坐车吗？”回答语是，“坐车。去松林成衣铺怎么走？”三是去上海的服装，要有“小姐范儿”。

恽代英交代的事项，前两条都没问题，第三条让钱瑛有些为难。自己几乎是逃难到了香港，到哪里去准备“小姐范儿”的服装呢！

恽代英似乎看出了钱瑛的为难，微笑着道：“是不是在为服装的事犯愁？傻姑娘，组织上早给你准备好了。”

“谢谢组织，谢谢恽部长！”钱瑛有些激动地拉紧了恽代英的双手。

上海松林路上有间“松林成衣铺”，从老板到伙计，共四人。老板姓覃，名树立；一名女裁缝，年纪不大，唤作“阿秀”；一名伙计，大号刘双林。这“松林成衣铺”，为其时常见的店铺住家一体化的模式，两层小楼，楼下为铺子的门面，有柜台，接待客人，洽谈生意之用。常见的是伙计刘双林在此迎客，接单。这柜台内侧，全部用木板隔断出一块并不大的空间，搁置了一张竹床，为刘双林看店住宿之用。这样一来，难得见覃老板坐于柜台之后，也就不奇怪也。

这楼下，另设有裁缝间，和一个住宿间。裁缝间，较为宽敞，一面长板桌，桌上有剪尺画饼，蒸汽熨斗之类必备工具。作为裁缝，丈量，划样，裁剪，出料，包括之后的成品熨烫，阿秀全在此完成。一台缝纫机，理所当然为阿秀操作，成衣成裤皆出于此。与裁缝间紧挨着的住宿间，这样看起来，给阿秀是再合适不过。

说完了楼下，说楼上。楼上简单，覃老板的卧室，会客厅，外加书房。有人兴许会说，一个裁缝店的老板，用得着专门设个书房么?读者诸君有所不知，这裁缝店覃老板，可是北大的高材生呢，刚才说楼下柜台后面见不到他，只要不外出，十有八九他会在书房里忙着。至于忙些什么，容稍后再叙。

说到现在，兴许有读者要问了，明明说这“松林成衣铺”有四人，介绍到现在也只有三人，显然还少了一位。

读者诸君所言极是！只不过，这第四位，这会儿刚刚进来，故推迟了一点，现在介绍。

此时，只听伙计刘双林向覃老板禀报道：“覃老板，夫人到啦！”

“快快请夫人上楼！”覃老板站在楼梯口，并没有下楼迎接，而是在楼上热情招呼。

只见伙计刘双林扛着一个行李箱，领着一位身着旗袍的年轻女子，进了“松林成衣铺”。覃老板再细看那女子，白皙得很，与她身上的藕粉色旗袍，蛮般配的。肩挎一绣有白猫图案的软包，淡淡的底色，透出一种“雅”来。再看她，上楼时不紧不慢的步子，更是透着另一种的“雅”。

聪明的读者朋友兴许已经猜到，这被称为“夫人”的女子，不是别人，正是奉命来谭寿林身边工作的钱瑛同志。而这位名叫覃树立的老板，正是全国海员总工会秘书长谭寿林同志。伙计刘双林、裁缝“阿秀”都是配合谭寿林同志工作的交通员。 主要是为谭寿林同志传递情报。

“钱瑛同志，早听说你要来，一直盼望着你早点来呢！ 这一路不好走吧？ 辛苦了！”

时值晚餐时分，谭寿林让阿秀精心准备了几个菜，并且破天荒地打开了一瓶红酒，为钱瑛接风洗尘。

握着谭寿林宽大的手，钱瑛心里有说不出的温暖。 今后就要在这位谭秘书长手下工作了，内心既激动兴奋，又满怀期待。 于是，率真爽快的钱瑛径直将红酒杯举到了谭寿林跟前，“很高兴到您手下工作！恽部长跟我交代过了，你是革命经验丰富的老同志，以后请您多批评多帮助！”

“这恽部长，说我是‘老同志’？ 阿秀，双林，你们说我‘老’了么？”谭寿林并没有立即和钱瑛碰杯，而是故意逗一逗眼前这位水灵秀气而又风风火火的“夫人”。 说实在的，之前组织上说安排一个工作助手，并且要以“夫妻”名义一起工作，谭寿林并没有太在意。 因为他这一路走来，以“夫妻”名义工作，这已经不是第一次。

可当他见到钱瑛第一眼时，心里还是轻微地“动”了那么一下，真漂亮。 不是说，爱美之心，人皆有之么？ 革命者也是人，当然也爱美。 更何况，谭寿林这位北大才子，内心还有着浓烈的文学情怀呢！

“不不不，恽部长没有说您‘老’，是我出口快，用词不准。 您是资历‘老’，经验丰富！”快言快语的钱瑛，急得脸色通红，一连说了三个“不”字。

“傻姑娘，我这是和你开玩笑呢！ 以后我们就要在一起工作了，工作上的事情，该严肃要严肃，该认真要认真，出了差错该批评就得批评，这一点包括我在内，大家一视同仁。 但是，我们几个工作生活在一起，就要亲密无间，像一家人一样。 你们说，好不好？”

“好！”钱瑛、小刘、阿秀三个人几乎是异口同声了。

“来，为了我们这个家庭来了新成员阿瑛，一起干杯！”谭寿林很久没有这样开心了，今晚是发自内心地开心。尽管那时，“阿瑛”还不是他的“夫人”。

“‘阿瑛’，‘阿瑛’，这个名字我喜欢。大家以后请就这么叫我！”钱瑛很快就忘掉了刚才的窘迫，开心得像个孩子似的。她盯着谭寿林看了一会儿，连忙问，“那我就叫你‘阿寿’好不好？”

“傻姑娘，好多同志们就是这么叫的。这可不是你的发明哟！还有同志叫我‘大寿’呢！”谭寿林专门给钱瑛倒了一杯酒，“来，我敬你一杯！欢迎你来配合我工作，以后你就要辛苦地工作了！”只见谭寿林一仰脖子，干了一杯。

“阿瑛全听大寿哥的！”钱瑛十分爽快地举杯，干了。

不管钱瑛怎么风风火火，但她毕竟是个年轻姑娘，要让她和一个男人同睡一室，心里还是有些不自然，想着有若干若干的不方便。因而，等到阿秀、小刘都到楼下睡觉去时，楼上的“夫妻”二人，为怎么安排就寝，为难了。

“阿瑛你现在已经知道，这间‘松林成衣铺’就是我们全总一个重要的联络点，衣铺只是个掩护。上海的巡警之类，对我们这样人家突击搜查频繁得很。他们对我们这些‘夫妻’，心里也总是不相信的，总是想方设法找破碇，好抓他们想要的‘大鱼’，也好邀功请赏。所以……”谭寿林在做钱瑛的思想工作，希望能同住一个房间，这样万一有特殊情况发生，能从容应对，免得让敌人找到茬儿，给革命事业带来不必要的损失，给自己的同志带来不必要的危险。

“寿林同志，你看这样行不行，现在让我睡你的书房，你睡大床。要是巡警来查，就说你得了传染病，比如肝炎病，不得不分房睡。”钱瑛态度十分恳切，继续道：“长这么大，我从来没有过这样的经历。不过，请你放心，我一定在最短的时间内，适应这一工作要求。”钱瑛这么说着，露出了满脸的羞涩。

“你这个主意不错。既然这样，我可以将这张小竹床搬到书房去睡，你睡大床。”谭寿林说着就要自己动手。

“哎呀，哪有让领导自己动手，并且睡书房的?”难题一解决，钱瑛顽皮的性格又露出来了。她赶紧叫来小刘和阿秀，说是有重要事项宣布。

就这样，谭寿林还是听从钱瑛的安排，自己享受生病“丈夫”待遇，睡大床。钱瑛“夫人”为避免传染，搬进书房，睡竹床。在搬床过程中，钱瑛已经将需要注意的细节关照给了小刘和阿秀，以应不测之需。

果不其然，钱瑛来松林成衣铺没有多久，地方巡捕就对他们来了一次突击查夜。

那次白天，谭寿林借松林成衣铺举办周年庆典之机，召开了一次工运代表座谈会，交流前一阶段工人暴动失败的情况，总结经验教训，研究下一步工作对策。

机警的小刘，将柜台上的留声机开得大大的。那上海滩流行女歌手，拖着软绵绵的哭腔，在咿咿呀呀地唱着相思调。听得人心发痒，腿发软，眼发花……再也没有心思注视楼上的动静。

为了及时向周恩来同志报告这次工运代表座谈会情况，钱瑛便连夜整理来自武汉、广东、山东、上海等地工运代表的发言。哪知道，这夜间的灯光，吸引了鹰犬的眼睛。

“嘭——嘭——嘭——”一阵急促的敲门声，在松林成衣铺门外响起。刘双林敏锐地感到这不是自己人，于是故意提高嗓门，大声问道：“谁啊？这深更半夜的，有何贵干?”

“查夜的!”

“还不快开门!”

这当儿，睡在隔壁的阿秀连忙上楼通知谭寿林和钱瑛。之后，回到自己床上，睡眼惺忪地问道：“到底是谁呀？这不是，成心不想让人家睡个安稳觉嘛!”身子懒懒地出了房间。

刘双林这才将门打开，一胖一瘦两个巡捕，跨脚进门。当他们见一男一女睡衣睡裤，从两个房间出来，那胖巡捕劈头便问，“你俩怎么没睡在一张床上？”问归问，那双色迷迷的眼睛可没有闲着，直愣愣地盯着阿秀的胸前，眨都舍不得眨一下。

“你们这些巡捕老爷，真是狗嘴里吐不出象牙！我们一个伙计，一个裁缝，又不是两口子，为什么要睡在一张床上？”阿秀气呼呼地责问道。其实，平日里，阿秀对这个刘双林还真有点儿意思，只是刘双林似乎不开窍。

“那你们老板、老板娘呢？”瘦巡捕捅了捅胖巡捕，示意不要太过失态，现在执行公务要紧。

“对！你们老板、老板娘呢？”胖巡捕有点儿不好意思，跟着应了一句。

“老板——老板娘——楼下巡捕老爷来访。”伙计小刘高声向楼上通报。

“小刘子，你不知道老板病了么？跟巡捕老爷说一声，老板病着，不能下楼。我一个妇道人家，深更半夜的，不便见他们。”是钱瑛的声音。

“上楼看看，看看他们的老板究竟有没有病。”瘦巡捕对胖巡捕说着，“噔噔噔”，三步并作两步，快速到了楼上，“嘭——嘭——”敲了楼上房门两下，霸气地喝道：“开门！”

待他们将房门踢开之后，看到的是“妻子”正在给“丈夫”喂汤药。

两个巡捕在楼上四下探查了一番之后，发现卧室和书房，各有一张木床和一张竹床，便责问：“你们既然是两口子，怎么会分床睡？是不是‘共党’？”

此时，正在给“丈夫”喂汤药的“妻子”阿瑛，“伤心”地直抹眼泪，诉说道：“巡捕老爷，我照顾病人都来不及，还什么党不党？”

“什么病？”瘦巡捕问。

“我丈夫这阵子操心办成衣铺周年庆典，劳累过度，肝炎病犯了，我怕传染，才分开睡的。”“妻子”一边侍奉“丈夫”吃药，一边恳求巡捕老爷能不能帮忙买点儿白糖，也好快点儿让“丈夫”的肝炎病好起来。

“去去去——哪里给你弄什么白糖？ 生了肝炎，怎么不早说？ 他妈的，这可是会传染的。 赶紧走——”原本想从这间衣铺找点儿“油水”的瘦巡捕，见这家的“妻子”这般说，吓得再也无心查询发问，叫上胖巡捕，几乎是落荒而逃。 肝炎病菌具有极强的传染性，他们当然是知道的。

两个巡捕离开之后，谭寿林这才吩咐小刘、阿秀到书房内收拾钱瑛整理好的材料。 原来，一听到楼下小刘的报信之后，谭寿林立即来到钱瑛的书房，告诉她有情况，整理好的材料可不能落到巡捕手里。钱瑛的脑子还停留在如何整理这些材料上呢，一时想不出怎么遮掩这些材料。 只见谭寿林冷静地说，“你将材料分一部分给我，我们快速将材料卷成小筒，塞进竹床的竹筒里。 巡捕只是撞大运来的，没有什么目标，就不会查得那么仔细。 所以，这竹床上的竹筒子，是安全的。”

果然，钱瑛整理的材料在两个巡捕的眼皮底下，安然无恙。

谭寿林对钱瑛回应巡捕问话时的表现，很是满意。 称赞道：“阿瑛很有应变能力！”

“还是要向大寿哥学习，要不是你想到塞竹床这个法子，这份材料还真危险呢。”钱瑛由衷地说道。 细心的阿秀发现钱瑛对谭寿林秘书长的称呼上，比他们多了一个“哥”字。

“经历几次就好了。 敌人的这次突袭没有成功，小刘、阿秀也都表现得不错。 现在大家放心休息去吧。”谭寿林一边鼓励大家，一边看了看怀表，吩咐道。

钱瑛回到书房，又继续投入工作。 一直到天亮，终于把材料整理完成。

谭寿林将材料看了一遍，给予了肯定：“这份材料，有观点，有重点，有经验和教训，整理得不错。阿瑛，你好好休息一下，下午我们一起去见伍豪同志。”

谭寿林说的“伍豪”同志，便是时任中央政治局常委、组织部长、军委书记的周恩来。

第十三章

夏日的午后，阳光透过浓密的梧桐叶，洒落在并不算宽阔的柏油马路上。蝉藏在梧桐的枝头，卖力地叫着："知了——知了——"听着它的叫声，除了增添些夏日的烦躁，还能带来什么呢？这些蝉儿，大概也就"知"夏天已至，其他便一无所"知"了罢。

古老梧桐的浓荫下，一对青年男女，似乎没有受枝头蝉鸣的影响，不紧不慢地走着。但见那女子身着藕粉色旗袍，肩挎绣有白猫的浅色软布包，显然一副时尚小姐的装扮。走在女子身旁的男子，着一身灰色西服，系一条深蓝条纹领带，看上去很是英俊潇洒，一副出入商界的派头。这男子的两手都没闲着，只见他一手提着棕色皮公文包，一手替身边的小姐撑着黑阳伞，样子颇为殷勤。而那小姐，时不时地从随身的包中掏出一面小镜子，左边照一照，理一理耳边发丝；右边照一照，压一压鬓发。之后，袅娜前行。

两人边走边聊，那商人模样的男子，不时为身旁的小姐介绍着沿路的一些古老建筑。这十里洋场地，中西方文化在这里交汇交融，还真诞生了不少中西合璧的经典建筑。看起来，这男子是个心细之人，很能抓住小姐的"求知"心理。

不知不觉之中，他们走过了脚下的马路，拐进一条巷子，在一栋欧式小楼前停了下来。"我们到了。"男子对身旁的小姐说道。这当口，从楼里出来一人，对他们道，"伍豪先生已经在等着你们了，请跟我来。"言罢，将他们二人引上楼去。

"树立同志，有一个重要精神，传达给你，要在今后的工作中贯彻执行。"

在二楼的一间隐蔽的会议室内，周恩来同志向谭寿林、钱瑛介绍了不久前召开的党的第六次全国代表大会的情况。

恩来同志指出，"党的第六次全国代表大会上通过了《决定"广州暴动"为固定的纪念日的决议》。"广州暴动"虽然失败了，但是，它的伟大意义值得我们永远纪念。寿林同志和钱瑛同志都是参加过"广州暴动"的，我们也应该从中汲取深刻教训。我们共产党人的血，可不能白流！党现在的总任务，不是一味进攻，而是要尽最大力量争取工人群众，扩大我们的革命队伍，壮大我们的实力。所以，我很想听听你们工运代表座谈会都提出了哪些问题，反映出哪些苗头，对今后的工作都有哪些想法和建议。"

"伍豪同志，这是钱瑛同志连夜整理出来的工运代表座谈会报告，请你审阅。"谭寿林从棕色皮公文包的夹层内，拿出一份文件，递交给周恩来。接着向周恩来汇报道，“各地负责工运的同志反映，当前，有两种倾向阻碍工人运动发展：一种是恐怖威迫群众与敌人进行斗争；另一种是把罢工看成工人斗争的最终目标……”

周恩来一边听谭寿林汇报，一边翻看着那份报告。

“你们提供的这份报告，很有价值。许多问题，提得尖锐、深刻，值得我们党高度重视。我要仔细看一看，再向中央提出建议。”周恩来看上去对谭寿林、钱瑛他们送来的报告非常满意，此时站起身来，亲自给他们二人杯中续了茶水。

钱瑛见状，连忙起身想接过“周部长”手中的水瓶，被周恩来轻轻一推，笑道：“钱瑛同志还是头一次登门吧，特殊时期，不能设宴相迎，只有清茶一杯，以表心意啰！”

“伍豪同志，你们继续谈工作，这事儿交给我。”守在一旁半天没吱声，一直认真记录的小伙子，此刻赶紧从周恩来手中接过水瓶。

“今后工作，有什么打算吗？”周恩来看似平常地问了一句。

“发展赤色工会，壮大我们的力量。”谭寿林语气肯定地回答。

“好！树立同志，要注意不能以赤色工会名义组织罢工。要记住，现在我们最关键最重要的，是发展壮大我们的力量。只有我们力量足够强大，才能战胜我们的敌人，哪怕是再强大的敌人！”周恩来说得有点儿激动，拳头重重地落在桌面上，似乎给强敌有力一击。

一向内敛沉稳的恩来同志，似乎为自己刚才小激动有点不好意思，连忙换了一个话题。他转身对钱瑛道：“上海的夏天，‘蚊虫’‘苍蝇’可不少，你们这一路过来，情况怎样？有没有挨‘叮’被‘咬’？”

“请伍豪同志放心，我们防‘蚊蝇’措施还是充分的。这一路还算安全。”钱瑛轻轻拍了拍随身的软包。

这时，恩来同志才仔细打量了一下他俩的着装，颇为入时。满意地笑笑，“还真像一对情侣嘛！钱瑛同志对与树立以夫妻名义在一起工作，有没有什么顾虑？”

“向首长报告，钱瑛知道这是革命工作的需要，没有顾虑！”钱瑛没想到恩来同志也会关心起她和“大寿哥”的“夫妻”问题，一时间弄得满脸羞涩。她心里有点儿打鼓呢，毕竟到现在，自己和“大寿哥”还分房睡呢。这事，要是让恩来同志知道，肯定是要“吃批评”的。党的地下工作纪律严密，这一点她是知道的。任何一点改变，都是必须得到领导和组织上同意批准的。好在，“分房”之事，“大寿哥”是领导，他没意见，也就算组织上批准了。

“没顾虑就好。我可告诉你小钱同志，你眼前的树立同志，不仅革命斗争经验丰富，而且周到细心，是个难得的好兄长噢！”恩来同志既认真又玩笑地表扬起谭寿林来了。

“需要向伍豪同志学习的地方还很多，不过，请伍豪同志放心，我一定会保护好阿瑛的。”正羞涩着的钱瑛，细心地听到“大寿哥”在恩来同志面前叫自己“阿瑛”，心底还是“动”了一下，脸色越发地红润起来。

“好嘛！为了一个共同的目标，走到一起来的革命同志，就应该亲如一家！这样也更有利于我们做好革命工作嘛！”谭寿林和钱瑛两人之间情绪微妙的变化，哪里逃得过周恩来这双睿智的眼睛呢！此时，恩来同志更愿意做一个“君子”，让天下有情的革命者成为眷属。岂不是“成人之美”之美事哉！

“大寿哥，快来用早餐了！”谭寿林的房间外，钱瑛轻声叫唤着。

以往，多半是谭寿林早起做早餐，然后楼上楼下地叫阿瑛、阿秀和小刘到楼上的会议室吃早饭。昨天得到组织上的通知，召开传达党的六大会议精神，想着又能见伍豪同志，谭寿林开了“早工”，将最近的一些工作情况和自己的想法，理一理，整成一份报告，想当面再向伍豪同志专题报告一次。在这样一个复杂多变的背景下，自己组织领导海员工会的工作，以及工运工作，不能有丝毫的偏差，否则，便会给自己和同志们带来不必要的风险，更为重要的是，会给党的事业带来损失。伍豪同志是党的领导同志，看问题，抓工作，总是站得高，看得深，看得远。实际工作中的棘手问题，他都能充满智慧地解决。这是一位让谭寿林从心底里敬佩的领导者。当然，见伍豪同志，他也有件个人的私事，需要报告。

“就好，就好。”寿林整好所有材料，分类巧妙地装进棕色公文包夹层，清理好办公桌上的资料。一切妥当之后，这才开门。这也是长期革命斗争养成的习惯了。尤其是现在从事地下工作，谭寿林头脑里的安全防范意识，一刻也没有松过。做任何事，随时都考虑应急预案，以便随时处置。事情处理完毕，更是不留一丝痕迹。哪怕是对自己的同志。

其实，这也是保护自己同志的一种策略。地下工作有严格的保密纪律，该哪些同志知道和掌握的，必须传达。而有些情况，不让其他同志知道，反而就少了一份危险。

“神神秘秘地，知道你一大早就在忙，忙什么呢？”钱瑛在大寿哥房间外面等了一会儿了，心里稍微有点儿不悦。这种不悦当然不是工作角度的。钱瑛心里想的是，人家用心用意为你煮的早餐，热腾腾地摆在桌上，你大寿哥冲着人家这份心意，也该立马开门，坐上桌吃出个幸福的模样来呀！那时，阿瑛心里才甜滋滋的呢！多亏伍豪同志还夸你心细呢，人家姑娘家这点小心思，都不懂！

原本神情很是正常的谭寿林，被阿瑛这么一问，似乎被阿瑛发现了自己心中的“小秘密”，当即就有些个不自然起来，“什么神神秘秘，没有，没有。”

他边说边随钱瑛往餐桌走，等他见餐桌上既有稀饭，又有几样佐餐小菜，还特意煎好了鸡蛋，心里真的有了某种幸福的感觉，这可是“夫人”为自己做的第一顿早餐呢！心里虽然开心，嘴上却批评道，“阿瑛这可是超标啦！”

“什么呀？人家用自己的津贴给大伙儿煎几个鸡蛋，跟超标有什么关系呀！”钱瑛将“大伙儿”三个字说得重重的。

“哎呀，你看，我错怪阿瑛一片好心了。赔礼！赔礼！双林，这早餐费，记在我账上。”谭寿林发觉阿瑛的不悦，心里更是甜丝丝的，吩咐小刘道。

“这可不行！这是我自己做的，记在谁的账上都不行！”钱瑛一脸正色地盯了大寿哥一眼。

“好好好，这次就听阿瑛的。大家动筷子吃煎蛋！”谭寿林发现这个早晨，自己对钱瑛的态度，变得再也不像一个领导者了。

“阿瑛姐，你煎的鸡蛋，真香！”阿秀嘴里咬着香喷喷的煎蛋，故意说了一句。

平时就擅于察言观色的刘双林，这刻儿似乎发现了谭秘书长和阿瑛之间的微妙变化，连忙瞪了阿秀一眼，道，“煎蛋也堵塞不了你的嘴，还不快吃饭，一大堆事情在等着呢。”

“阿瑛，今天我出去开会，这里一切就交给你负责。”谭寿林搁下筷子，从上衣口袋里拿出一本证件，交给钱瑛。

“这是×学校的教师证，你拿好。今天要到德阳裁缝铺子送一份情报。裁缝铺子的老板是小刘的本家，是我们的同志。你既要完成任务，更要注意安全。听到没有？”

面对谭寿林直视的目光，钱瑛有些不好意思地回了句，“听到了。”

谭寿林这才拿起筷子，捧起粥碗，继续自己的早餐。

钱瑛这时心里的那一丝不悦，早被大寿哥那直视的目光驱散了。她当然听出了一个“更”字，在大寿哥心里的含义。

熙熙攘攘的人群中，钱瑛一身湖蓝色中式女装，很是素净大方。原本梳成的发髻，散落成稍长一点菊花瓣，随着她轻盈的脚步，自然跃动着。脚下，不见了那双乳白色高跟鞋，换上了一双软底圆口布鞋。手臂间，挎着蓝印花布书包，书包内有几本教科书和一些女性用物。

她在马路上走着，不时从书包里掏出一面小圆镜，看似打理自己的发型，实则察看四周动静。

果然，在路过一十字路口时，钱瑛发现有两“蚊蝇”飞了过来。钱瑛随即变换方向，调头向附近的一所学校走去。

快临近学校时，钱瑛脚步有意慢了下来，两个巡捕立马拦了上来，其中一个上前说道：“小姐，出示证件！”

“青天白日的，我返校上课，查什么证件？”钱瑛故意不予理睬。

“小姐，请出示证件！”另一个摆出一副文明执法的模样来，继续向钱瑛重申他们的要求。

“真是烦人！看吧，我的证件。”钱瑛极不情愿地从书包里拿出“教师证”。

两个巡捕看了“教师证”，这才貌似礼貌地向钱瑛说了声“对不起”之后，放行了。

钱瑛索性进了学校大门，待两个巡捕走远之后，才返回来到德阳裁缝铺子。此时，铺子里三三两两的顾客在挑衣料。钱瑛径直来到柜台前，对老板道：“老板，我要做件衬衣，烦你推荐一下布料。”

“小姐肤色白皙，刘某向小姐推荐小店的一款乳黄绸料，一来，这乳黄与小姐肤色相配；二来，这炎夏，衬衣用料，以绸料为宜。不知小姐意下如何。”店老板推荐颇为认真到位。

“多谢刘老板推荐。那就烦请老板给量一下尺寸。”钱瑛听从店老板推荐，选好布料之后，又请老板剪料。在刘老板剪好料子的当口，钱瑛留意了一下四周，迅速从衣袖掏出情报，裹进布料，递到老板跟前，问道：“几天可以取衣服？”

“两至三天吧！”刘老板会意地微笑着回答。看着刘老板将布料收入柜台里面去了，钱瑛这才放心地离开。

原来，这德阳裁缝铺子，也是谭寿林发展创立的总工会的一个地下联络站。店老板老刘，便是联络站的负责人。

钱瑛送完情报回来时，发现刘双林红着脸从阿秀房间跑了出去。女性直觉告诉她：有戏。

想到早餐时，阿秀想拿自己的煎蛋做文章，这刻儿，决不能放过她这个“幸灾乐祸”的鬼丫头。钱瑛神出鬼没地来到阿秀房间，想看看究竟是什么让刘双林满脸通红跑出去的。哪晓得，她跨进阿秀房门时，阿秀粗声粗气，破口大骂：“滚，滚得越远越好！”

“哎哟喂，你这个丫头疯掉了么？我刚从外面回来，来看看你的腿是不是好一些了，怎么不由分说就遭你一顿大骂？这可轻饶不了你。”钱瑛自然知道，阿秀骂的不是自己。但是，她有些个丈二和尚摸不着头脑，看刚才刘双林满脸通红跑出去，他们二人应该有过一番亲密接触才对呀！否则，刘双林一个大小伙子怎么会害羞得吃不消，跑了。而现在的情况似乎不是钱瑛想象的这样，阿秀真的在生刘双林的气呢！

“对不起，阿瑛姐，我骂的不是你。我是气昏头了，阿瑛姐，实在对不起！”躺在床上的阿秀，见进来的不是那个“死阿牛”，而是钱瑛，羞愧得都要哭出声来了。顺便说一句，这刘双林，姓刘，属牛，阿秀私底下都叫他“阿牛”。

钱瑛一看阿秀小脸儿气得红扑扑的，用手指着她的鼻子，口气严厉地说道，“你和小刘恋爱了？说！不许抵赖。”

“恋爱，恋爱个大头鬼！人家要他帮着捏一下酸胀的右腿肚子，他都为难得什么似的。可是，可是，那一次，躲闪蚊蝇叮咬，他抱着我，你都不知道跑得有多快，我都不知道他，哪里来的那么大的劲。”阿秀似乎满肚子的委屈。

“这个刘双林，我会狠狠地批评他的。早就抱过人家了，现在捏脚还装模作样，难为情？哼！”钱瑛故意显得很生气的样子。

这里需要补叙一下，几天前，阿秀外出，不小心摔伤了右脚，躺了几天，行动有些不便。阿秀想的是，让这“坏事”变成她和刘双林的“好事”。她内心希望刘双林借此照顾自己，之后再向组织上提出来，确立恋爱关系。

哪晓得，他一个大小伙子，还没有自己一个姑娘家主动呢！ 能不让阿秀生气么？

这房间内，阿秀正向钱瑛袒露自己的心事。 刘双林气喘吁吁地跑了回来，都没顾得上跟钱瑛姐打招呼，直接将一包膏药递到阿秀跟前，道：“给！”

“我才不用你的破膏药呢！”阿秀一见她的“阿牛”跑得满头是汗，为自己买来了膏药，气一下子就消了。 但姑娘家的芳心，哪能这么轻易就被“俘获”呢？ 因而，这刻儿，阿秀嘴上依然是不痛快。

“好了，好了！ 我说阿秀，你知足吧！ 这大热天的，小刘跑出一身汗，就是为给你买几张膏药，心意还不明了么？”几分钟前，还答应阿秀要好好教训刘双林的，这会儿，钱瑛倒替刘双林说话了。

两个女子你一言我一语的，说着刘双林。 而这刘双林，傻傻地立在一旁，有点儿不好意思，一声也不吭。

“我说刘双林，你还傻愣着干嘛？ 这膏药，买都买来了，还不快给阿秀贴上？”钱瑛提醒道。

“阿秀，贴吧，这膏药活血化瘀，好得快！”小伙子羞怯地解释道。

“膏药不就在床上，我又没藏起来。”阿秀细声说了一句，不再是先前硬邦邦的口气了。

“好了，我先上楼了，免得有人嫌我在这儿碍事。 再说，跑了这大半天，腿脚也酸胀得很呢，只是没有阿秀的福气。”

“阿瑛姐，只怕你的福气，阿秀修八辈子也比不来呢。 等着大寿哥回来时，你不开口，我替你说，让他替你好好护理护理。”阿秀哪里甘愿一直被钱瑛笑话，小脸绯红着开始反击。

“好啊，你个嘴巴厉害的阿秀，看来你们不想得到组织上的准许了！ 今天我就打小报告，说你俩违反纪律……”钱瑛反戈一击，阿秀只有求饶。

钱瑛上楼之后，并没有躺下休息，而是到大寿哥床铺底下，端出了一盆脏衣服，“吭哧吭哧”洗了起来……

第十四章

“伍豪同志，感谢你参加我们的婚礼！”

谭寿林、钱瑛双双起身，将手中的红酒杯举到留着大胡子的周恩来跟前。看得出，他俩的感激是从内心流淌出来的。

“嗳，今晚可不能喧宾夺主啊，你们说对不对？小刘、阿秀，我们一起敬一下一对新人吧，祝新郎、新娘，夫妻恩爱，永结连理；生活幸福，早生贵子；工作顺利，比翼双飞！”恩来同志说完，将手中的杯子分别和新郎、新娘碰了碰，只听得“当——”的一声，碰杯声清脆悦耳。

双林和阿秀见首长率先干了杯中的红酒，连忙跟着和大寿哥、阿瑛姐碰杯，“我们可没有伍豪同志的文采，就恭喜大寿哥、阿瑛姐，夫妻恩爱比蜜甜，来年抱个胖娃娃！”

“说得好，说得好！”恩来开心地鼓励两位年轻人，再次举起了酒杯。

“谢谢周部长！”钱瑛激动得脸蛋儿更红，更好看了。

“嗳，不是说好了，叫伍豪同志么？ 新娘子一高兴，就忘了？”恩来也为谭寿林、钱瑛这对革命伴侣新婚之喜而开心。 是啊，日理万机的恩来同志，作为当时党的重要领导者之一，繁忙的工作，几乎压得他喘不过气来，难得有今晚这样开心的时刻呢。

这谭寿林、钱瑛两个人的婚礼，在他们生活工作的小楼里，简单而热烈地举办着。 别看只有三个见证人，但周恩来的到来，还是着实让新郎、新娘喜出望外，内心有说不出的喜悦与感激。

这刻儿，恩来仔细打量了一番眼前的这一对新人。 他发现，只有新娘穿了件崭新的湖蓝色中式小袄，合身，好看。 但新郎，几乎就是平时的穿着，如果胸前没有“新郎”字样的佩带，根本就看不出来。

只见恩来将自己脖子上的米色羊绒围巾取了下来，随手就给寿林围上，笑笑道：“树立和阿瑛大喜，来得匆忙，没有准备。 这条围巾，还算新的，送给树立权作贺礼！”

“这万万使不得！ 这可是邓大姐专门为你买的。 这贺礼太贵重，我们不能收！”谭寿林赶紧将围巾拿下，递还给恩来。

“树立，你这个同志，今晚怎么婆婆妈妈起来了？ 你看你，也要像个新郎的样子嘛！ 不然，让人家新娘子怎么想？ 对人家不重视，人家可会有想法的哟！ 阿瑛，你说是不是啊？！”恩来风趣地逗了一下漂亮的新娘子。“好了，就这样定了。 邓大姐那里，我会解释。 既然这围巾送给我了，我就有权处理它嘛。”

“大寿哥，围巾一围英俊多了。 这样才和阿瑛姐般配呢！”

“傻姑娘，你们的大寿哥跟阿瑛姐本来就很配！ 你们说，是不是啊?！”恩来看着一对新人，开怀大笑起来。

“谢谢伍豪同志，也谢谢邓大姐！”谭寿林、钱瑛双双向恩来行了鞠躬礼。

“好了，我们共产党人，不讲究这些规矩。 阿秀，快点给我们盛饭，吃了饭，我们还要闹洞房呢！”看来，伍豪同志今晚的兴致真高。

夜阑人寂。 谭寿林与钱瑛相对而坐。

“大寿哥——”

“阿瑛——”

“大寿哥，我们结婚了。”

“是的，阿瑛，我们结婚了。”

这原本是寿林的卧室，现在只是靠窗边的桌上多了一对点燃着的红烛，房门上多了一张大红的“囍”字，便成了寿林和钱瑛的新房了。

“你看，真的是委屈你了。 连个戒指都没能给你买。”寿林抚摸着钱瑛柔软的小手，满是愧疚。

“大寿哥，阿瑛只要大寿哥，只要大寿哥这一辈都对阿瑛好！ 才不在乎什么金戒指、银戒指呢。”晚餐时陪伍豪同志喝了一点红酒，让钱瑛白皙的脸庞更显娇媚。 此时的钱瑛，似温顺的小鸟，依偎在寿林的怀里，脸上写满了幸福。

“大寿哥，还没有给我讲过你在狱中的斗争故事呢！”婚后的钱瑛，似乎对丈夫多了一份依赖。 有时会向丈夫提出一些小小的要求。这样的时候，多半是夫妻二人忙完了一天的工作，相互依偎着坐在床头。

在妻子眼里，她的大寿哥可是个英雄呢。 几次被捕，几次脱险，都经受住了考验。 敌人再凶暴，只能摧残他的肉体，摧垮不了他的意志和品格。 敌人再多的威逼利诱，也动摇不了他一个共产党人坚定的信仰，以及随时为革命粉身碎骨的坚定决心。

钱瑛愿意把对大寿哥的崇敬，化为自己今后面对艰难险阻的动力和力量。她要切切实实地从大寿哥的故事中，学到可贵而有用的东西。

“我正准备创作一部小说，讲讲自己的故事。到时候，你来当第一读者，一来帮我提提修改意见，二来你想听的故事，也能从小说里了解得更加生动形象。老实说，我讲故事的水平，真的不如写故事的水平。这一点，你是知道的。你看怎么样，阿瑛？”寿林侧身对自己的妻子道。

“可是，我恐怕等不及你把自己的故事写出来，我就要和你分开，去很远很远的地方了！”钱瑛无限依恋地对丈夫说，言语中流露出淡淡的忧伤。

“什么？你说什么？你说你要和我分开？你说你要到很远很远的地方？”谭寿林猛地坐了起来，十分惊讶地问道。

“是的。”妻子肯定地点点头。

“怎么没听你跟我说呢？”丈夫满脸的不解。

“也是组织上刚决定的，伍豪同志征求我意见，也让我征求你意见。我心里还没有想好，所以，所以……”钱瑛见丈夫反应比较强烈，估计他不会同意自己离开，一向颇为爽快的人，此时，有些话语反而出不了口了。

“所以什么？你这个小傻瓜！要知道，我俩已经结为夫妻，有什么事情都是要相互商量的，碰到什么难题更是要共同面对、共同克服的。”谭寿林双手紧紧地扳着妻子的肩膀，态度十分认真地提醒道。

“这个人家当然知道。我这不是连自己都还没有想好嘛！”钱瑛抬头望着自己的丈夫，意思在说，你错怪我了。

“嗳，你没有想好也可以来和我商量，听听我的意见啊！”身为丈夫，谭寿林还是希望自己能成为妻子的“主心骨”。

“那还不是因为，人家不想和你分开，想和你在一起嘛。可是，去苏联学习的机会实在是太难得了，我又非常非常地想去。当时，伍豪同志跟我说，组织上有让我去的意向，最后究竟去不去，主要看你和我的态度。伍豪同志还笑着说，蜜月还没过呢，就要关山阻隔，覃树立同志这一关，难过！”钱瑛忽然语速流畅起来，一口气说了这么多，并没有停下来，接着对寿林说道：“既然我都不想和你分开，我想你也一定不想和我分开。那只有可惜了这次去苏联学习的机会了。”

“你个小傻瓜，你怎么知道我不想和你分开，就不想让你去苏联学习的？”

“我知道，我当然知道！因为，你爱我！”钱瑛既羞涩，又骄傲。

“我的小傻瓜，我现在问你，你想不想去苏联学习？”

“想啊，当然想！要不然，我都不去伍豪同志那儿争取了。”钱瑛一不小心说漏了嘴，这去苏联学习的机会，原来是她主动争取的。只是心里头又想去苏联，又不想离开自己的丈夫。人们不是常说，新婚燕尔，新婚燕尔，也是人之常情。

“噢，你争取到了机会，现在又不想去了？”

“想去！又不想和你分开。”钱瑛贴丈夫的身子更紧了些个。

“阿瑛，我说给你听！去苏联学习，这样的机会，你也知道实在难得，错过了就没有了。以后有没有，那就说不准了。至于说，你我分开，正如你刚才说的，不想，不想！你不想，我也不想。可是，如果我们不分开，你就失去了去苏联学习的机会，再也没有办法弥补的机会。而你我现在分开，等你从苏联学成归来，我俩又能在一起了。这样看来，是不是暂时牺牲一下我俩在一起的时间，抓住去苏联学习的宝贵机会？你看是不是这个道理！”谭寿林满含深情地望着身边的妻子。

“早知道你这样想，我就早点告诉你，用不着这两天心里头两边都舍不得了。”有了丈夫的点拨，钱瑛的头绪似乎理得清爽多了。更主要的是，丈夫愿意作出暂时牺牲，支持自己去苏联学习，那自己还有什么理由不去呢？

“大寿哥，你真好！”心头的难题被丈夫化解了，钱瑛的心也被丈夫熔化了。

“阿瑛，你看看，这是什么！”谭寿林这时从窗边桌抽屉内拿出两册笔记本，两管钢笔。

“你这是为我去苏联学习准备的？”钱瑛从丈夫手里接过笔记本和钢笔，打开了一册笔记本，只见丈夫早有题句在扉页上——

两情若是久长时，
又岂在朝朝暮暮。
——为爱妻阿瑛赴苏联学习而题

大寿敬赠
1929 年×月×日

“大寿哥，你真好！”钱瑛内心无比感动，几滴泪珠滚落到笔记本的扉页上。

这时，谭寿林翻开另一册笔记本，对妻子道，“阿瑛，希望你也能给我留下纪念！”

听谭寿林这样一说，钱瑛才明白了丈夫准备两个笔记本、两管钢笔的用意。她还沉浸在刚才的感动之中，见丈夫让自己题句，略作停顿之后，挥笔写道——

但愿人长久，
千里共婵娟
——为辞别夫君赴苏联学习而题

阿瑛　于 1929 年×月×日

等到钱瑛遵丈夫之命题好词句之后，突然发现了一个重要问题，连忙追问道：“好你个大寿哥，刚才演得挺像的啊，原来你早就知道我去苏联学习的事了，而且你早就做出决定了。要不然，哪会准备好这笔记本和钢笔呢？刚才一听到我要去苏联学习的消息，亏你还表现得那么惊讶！ 亏得人家在这件事情上这几天都在纠结！”

钱瑛的小嘴能挂油瓶了。

“刚才那么吃惊，是想看看你内心到底是怎么想的，也想知道我在你心里的分量。你想想看，你一告诉我，我就把想法说出来，我怎么知道，我家阿瑛原来是这么这么爱我呢？ 而且舍不得和你分开，这也是我心里真实的想法。要不是伍豪同志找我谈过，我也不会这么爽快就同意让你走的。不过，伍豪同志也说了跟你刚才一样的话，因为我俩情况特殊，组织上将这个决定权交给了你和我。作为你丈夫，我当然不想你走。但作为你的领导，我想你去苏联学习之后，工作的能力和水平，都肯定会有更大进步，更大的提高。我哪能这么自私呢，我的阿瑛同志？”

谭寿林说着，双唇贴近了妻子的脸颊。钱瑛回应着自己的丈夫，双手搂住寿林的脖子。

根据中央组织部的安排，钱瑛于 1929 年初辞别丈夫，赴苏联学习。这一别，关山阻隔，山高水长；这一别，几多想念，几多愁怅；这一别，鸿雁传书，临窗眺望。

刚到莫斯科的钱瑛，眼中一切都是新奇的。被冰雪覆盖着的莫斯科城堡，挤满了革命青年的阶梯教室，陌生而又亲切的同学们，新的环境，新的同学，新的学习任务，似乎淡化了钱瑛与丈夫新婚别离的忧伤。然而，当一切安顿停当，步入日常，每天走着固定的点，固定的线，偶或碰到课堂讲授不能完全消化吸收之类的难题，躺在床上久久不能入睡的钱瑛，思念便会生出翅膀，飞出窗外，飞向天空，飞向遥远的上海，飞到自己的夫君身旁——

亲爱的大寿，我亲爱的夫君：

我来莫斯科东方劳动者共产主义大学学习，已一月有余。刚来时，很是忙了一阵子的。忙着办入学手续，安顿自己的住处，熟悉环境，熟悉周围的人，熟悉学习要求，凡此等等，不一一跟你说了。

现在，一切按部就班，就想着，你要是在我身边多好啊！我烦闷时你会陪我说说话、散散步；碰到任何难题，你都能给我点拨一二，让我不至长时间为难题困扰；还有就是，就是有你在，我一定不会感到孤单、寂寞，有你爱的滋润，我会变成一只百灵，栖息于你的枝头，整天为你歌唱。

大寿哥，我的好夫君：眼下我正有一件既欣喜，又烦心的事情要跟你说呢！

我发觉自己“有了”！你的妻子怀孕了！我俩有了爱的结晶！在你看来，这是天大的喜事，应该开心，应该高兴，应该欢呼小宝贝的到来！是的，刚开始，我也是这么想。我为这么快就能奉上如此珍贵的礼物而自豪，而骄傲！我是多么幸福，多么幸运！我很是为我们有一个革命的小后代而欢呼雀跃的。

我的大寿，我的夫君！当我发现，在东方大学的学习任务在不断加重，组织上除了安排我们学习之外，还要参加在莫斯科的一些社会实践工作，希望我们在实际工作中经受锻炼，增长才干。这一切，当然是我所需要的，所盼望的。但是，现在拖着一个有孕之身，如何能适应这一切呢？眼下还能坚持，再过几个月，我挺着个大肚子，奔东奔西的，也不方便啊，你说是不是！将来，小宝宝出生了，我一个人又要学习，又要工作，又要照料孩子，那就真的需要“三头六臂”才行呢！

大寿哥，我的好哥哥，你说，我现在该怎么办？我非常非常想听听你的想法！我亲爱的夫君，我也只听你的！

日夜思你念你想你爱你的阿瑛

1929年×月×日于莫斯科

当谭寿林得知妻子怀孕了之后，那种要当父亲的喜悦，整天挂在脸上。小刘和阿秀觉得，覃树立同志表现有些反常。阿瑛姐刚走的那会儿，别看他是个男子汉，还是个当领导的，却也是终日闷闷不乐，做起事来，也不像阿瑛姐在他身边时那么精神抖擞。说到底，共产党人也是人，也有常人的七情六欲。自己新婚妻子离开自己，去了那么遥远的莫斯科，他怎么能放心得下？怎么能不想念呢？

在小刘和阿秀看来，大寿哥喜上眉梢也太快些个。阿瑛姐才离开个把月光景，他们两口子感情就淡了？不会，绝对不会。那就是大寿哥确实有喜事，喜从何来呢？这小刘百思不得其解。阿秀在一旁笑眯眯地想了一会儿，对刘双林道："哈哈，我晓得哉。"

"你晓得什么了？"刘双林还是有点儿摸不着头绪。

"笨！"阿秀得意地顶了未婚夫额头一指头。这里顺便补述一下，在谭寿林和钱瑛结婚之后不久，经谭寿林秘书长批准，刘双林和阿秀也确立恋爱关系。眼下，也忙着为结婚作准备了。

"好好，你聪明！你倒是说来我听听，大寿哥喜从何来？"

"那还不就是阿瑛姐怀孕了呗！"想着自己马上也要做新娘子，也会像阿瑛姐这样怀孕，做妈妈，阿秀一下子变得羞涩起来。

"哦！我怎么没想到这一层呢？还是我家阿秀聪明！奖励一下！"小刘借机在未婚妻脸上亲了一口。

"你这个笨人，耍小聪明倒是有一套。大白天的，也不怕大寿哥看见，挨批评！"

"他当领导的，管天管地，管我们的工作，难不曾连我什么时候亲自己的未婚妻，他也要管？"刘双林神气活现地在阿秀面前显摆着。

"你们小两口，摆什么龙门阵呢？手头的工作可得抓紧噢，不然，不批你们的婚假。"刘双林和阿秀谈得正带劲，谭寿林从楼上下来，问了一句。

"树立同志，我们在说你呢！首先检讨，背后议论领导是不对的。不过，我俩和树立同志也是亲如一家，现在阿瑛姐不在你身边，我俩有责任、有义务照顾好你！阿牛，你说对不对？"阿秀急于想知道自己猜测得对不对，正想借机从谭寿林口中得到证实呢。

"对！阿秀说得太对了。树立同志，这两天精神不错，脸上也是阳光灿烂，有什么喜事？也不跟我们分享分享！"刘双林终于忍不住，向自己的领导开了口。

“你们两个，还是挺能察言观色的嘛！”谭寿林没有理会阿秀的检讨之说，心情愉快地告诉他俩，“你们的阿瑛姐怀孕了，我们有了爱的结晶、革命的后代！你们说，我该不该开心？该不该高兴？”

“真的？”

“真的？”

小刘、阿秀两个人高兴得几乎要跳起来了。“恭喜恭喜，大寿哥这么快就要当爸爸啦！”这小两口，连忙给谭寿林道喜。

“什么这么快？你们说这话什么意思？当心我送双‘小鞋’给你们穿穿！”谭寿林指着他俩，半开玩笑半认真地说。

“不过，跟你俩说也没关系，你们的阿瑛姐，正在跟我商量要不要将宝宝生下来呢！”谭寿林情绪有些低落下来。

“这还要商量什么？一个小生命既然来了，你们做父母的，可不能剥夺他来到这人世间的权利！这一点，大寿哥一定要向阿瑛姐表明我俩的态度！”阿秀率先激动起来，跟大寿哥说得情绪高昂。

“可是阿瑛也有实际困难，学习任务重，见习工作压力大，又一人独自在外，将来带宝宝也是问题。她毕竟年轻，也没什么经验。”谭寿林的话语间，还是有点舍不得妻子。但从他内心而言，他当然希望钱瑛能把小宝宝生下来。因而他在给妻子的信中，更多的还是劝导。

阿瑛，我的爱妻！

这是我写给你的第十八封信吧！终于接到了你的第一封信，别提心里有多高兴，多激动，多兴奋！当然，这高兴、激动、兴奋，有你来信的原因，也有你信中说你怀孕了的原因。

阿瑛，我亲爱的阿瑛：你怀孕了，我们有了属于我们两个人的孩子啦！你要当妈妈了，我要当爸爸了！这是多么令人振奋的消息啊！你担心，将来孩子出生，会给你的学习、工作带来问题，甚至于你想到了孩子出生之后，没人看护，你一个人难以支撑。

说实在的，我也舍不得你辛苦！现在一个人在一个陌生的环境下学习、工作就很辛苦，孩子出生之后，多了一份牵挂，也会多一份拖累，会比现在更辛苦。现在，你要学会弹钢琴，学习、工作、孩子，几个方面统筹协调好，一个时期，抓一个时期的主要矛盾。

阿瑛，我亲密的战友！现阶段，你当然应该以学习、工作为重，毕竟刚刚怀孕，还不会有太大的影响。不知道，你妊娠反应怎么样？通常情况下，月份小的时候，反应不会太剧烈。对于你来说，就是要抓紧这阶段好好学习，努力工作，增长知识，增长才干。你要知道，你就读的莫斯科东方劳动者共产主义大学，可不是一般的大学。刘少奇、罗亦农、任弼时等多位重要领导同志，都曾经在你这个班上学习过。你能在他们这些领导同志就读过的学校、就读过的班级参加学习，那是件多么光荣的事情，也是件多么自豪的事情啊！学不好，工作不好，都将愧对他们这些领导同志，说不定哪一次工作，你就能见到他们，到那时问起来，阿瑛同志当年在东方大学怎么样？学得怎么样？工作得怎么样？你怎么回答呢？所以，学习、工作必须要刻苦再刻苦，努力再努力！

阿瑛，我怎么也爱不够的爱人！我知道，让你一个人将来在繁重的学习、工作压力之下，还要抚养孩子，实在是让你为难了。但，我要告诉你的是，一个小生命，既然他来了，我们做父母亲的只有张开怀抱欢迎他的到来，没有权利扼杀这个生命。更何况，他是我俩爱的结晶！我也替你想过了，将来孩子出生，可以交给保育院抚养，你只要定期去看望看望，虽然也要占用你一定的时间和精力，但这样总比你留在身边自己照看要轻松得多。

阿瑛，我亲爱的妻子：你是初为人母，现在一时情急，将腹中孩子打掉，你能保证打掉之后就不后悔么？我告诉你，十有八九，你将来想起这件事，都要后悔。世界上哪里有后悔药给你吃呢？与其将来后悔，不如现在将他生下来，宝宝总是会成长的，你也一定要回来的，到那时，我们夫妻二人，共同抚养孩子，那时情况就会大大改变的。阿瑛，你看我说得是不是有道理？

我想，这个孩子就叫“团子”吧，寄托着我们夫妻早日团圆的期盼。

还有就是，如果我没有记错的话，你老家一带，刚出生的女孩，就叫“团子”，这样也好让她长大之后，记住妈妈的家乡。祝你学习工作双进步！保重身体，保护好我们的孩子！

每天都盼望你快快回来的大寿
1929年×月×日于沪上松林

不久之后，钱瑛在莫斯科东方大学顺利产下一名女婴。

产后的阿瑛，不仅没有能在生活上得到一些照顾，反而因为不满当时王明空洞说教的那一套，坚持与王明教条主义思想作坚决斗争，遭受到王明当权的支部局的排挤打击和不公正待遇。结果，钱瑛受到了党内处分。

这时，钱瑛不能再留在学校听课了，而是被派往莫斯科的工厂、农村进行“劳动改造”。经历了各种考验，钱瑛在政治上变得成熟起来。她并没有因为受到党内处分而抱怨，而气馁，而失望，而是充分利用“劳动改造”的机会，大量接触普通劳动者，思考、研究一些现实问题，在实践中增长自己解决实际问题的能力。她把寿林对自己的指点牢牢记在心上，将课堂学到的理论知识，与寿林信中介绍的国内革命斗争实际相结合，与自己在莫斯科城郊的工厂、农村“劳动改造”过程中所了解掌握到的情况相结合，进行分析比较，从中得出正确的结论，并以此来进一步批判王明错误思想和空洞的说教。

这一阶段，钱瑛的学习是刻苦的。不能在课堂上听讲，她就课后从同学那里抄笔记，将一些新的理论观点，直接大段大段地背诵下来；白天要“劳动改造”，学习不成，她就晚上学。为了不影响其他同志休息，钱瑛还将理论知识读本带进被窝里，自己打着手电学。

刚刚出生的女儿，钱瑛反而不曾带进被窝，而是交给了保育院。

不仅如此，在她两年之后从莫斯科东方大学学习结束回国时，钱瑛竟然没有将女儿带回来，而是留在了苏联，留在了莫斯科。此是后话。

第十五章

妻子在莫斯科东方大学遭受王明左倾机会主义势力的排挤打击，被派遣到莫斯科的农村、工厂进行“劳动改造”，这一情况，让谭寿林焦急万分。

他很是担心产后不久的阿瑛，承受不了对她的不公正待遇。作为丈夫，在妻子需要的时候，不能出现在她的身旁，这让谭寿林心里感到非常内疚。

他唯有不断引导妻子，要看到去莫斯科农村、工厂“劳动改造”，对于她这样年轻的缺乏实践经验的同志，倒是一次难得的机会，不管自己是顶着什么“帽子”去的，要真正沉下心来，从那里的农村、那里的工厂，发现一些实际问题，并结合他提供的国内的情况，进行分析思考，寻找解决问题的钥匙。这样一来，你就比别人多经受一次锻炼，必然会多一份收获。

想着阿瑛在身边时，曾经常缠着他讲自己的狱中斗争经历。现在，她在莫斯科东方大学的境遇，需要一个百折不挠的革命者的形象来鼓舞她的斗志。于是，在繁忙的工作之余，谭寿林加快了中篇自传体小说《俘虏的生还》的创作。

正如他在自序中所写的那样——

我在惝恍迷离的梦境里，仿佛时时都看见似阿曼这样一个青年，他有些像我很久很久以前见过一面，直到如今都没有见面机会的朋友，或许是我的朋友的朋友，我都记不得清了。或许这个世界竟不会有这样一个人，不过是我自己的幻觉，是我在梦境里梦见的怪物罢。不管是不是有这样一个人，我梦见的次数多了，他的幻像，就深深印在我的脑子里，使我的脑子似负了很大的重量一样辛苦！因此，我不能不把这个幻像移写到纸上来，减轻我脑子的负担。

1929年9月，谭寿林创作的以“谭勉予”为笔名的中篇小说《俘虏的生还》，终于由上海泰东书局正式出版。谭寿林兑现了对妻子的承诺：他用小说的形式，讲述了自己被捕“生还”，坚持斗争的故事。作品中，他饱含深情地塑造了一个“怀着一颗赤诚的心，抛弃个人忧患，执着地追求光明，为真理不惜流血牺牲”（王维玲语）的革命青年形象——阿曼。

阿曼的故事，无疑深深激励着钱瑛在莫斯科东方大学度过了一段艰难的岁月。

身为全国海员工会的秘书长，这期间，谭寿林还为第五次全国劳动大会在上海召开，做了全力准备。尽管出席大会的仅有二十九人，却代表着近四万名赤色工会成员。大会选举了项英为委员长、林育南为秘书长。谭寿林担任全国总工会秘书长则是一年之后的事情。

由于当时对民主革命的长期性问题缺乏深刻认识，导致大会通过的《中华全国工人斗争纲领》认为，反动统治已经“走向日暮途穷的境地”，“反对一切合法和平倾向”，“反对隐藏于黄色工会组织之下”，号召把全国工人斗争“联系汇合起来，形成总的进攻形势”，“与敌人作坚决的死战”。

错误的判断，必然导致错误的方针。错误的方针，必然导致最后的失败。第五次全国劳动大会之后，共产党所领导的工会工作和工人运动遭受严重挫折。上海的工会组织也遭到敌人疯狂破坏。在恶劣的形势下，中华全国总工会只得从上海迁往苏区。

而谭寿林同志，在组织上已经分配新的工作之后，主动请缨，留在上海，进行工会组织的善后和恢复工作。最终，被叛徒告密，不幸被捕。

当谭寿林按照约定的方式，给妻子写到第一百三十封信的时候，钱瑛的归期近了。

自己都记不清，有多久没有来这保育院看望女儿了。一见到那先天发育不良、身材瘦小的团子，钱瑛便紧紧地将她搂在怀里，不停地亲吻着，不停地轻唤着：“团子，我的好女儿，妈妈对不起你，我的好孩子！”那份自责，那份内疚，似潮水在钱瑛心头奔涌。

其时，已经到了1931年春。钱瑛从丈夫的来信中知道，国内的形势非常严峻，斗争的环境非常恶劣，他们遭遇的考验，是前所未有的。他们只能做好随时为党的事业献出自己宝贵生命之准备。

在这样的情况下，如果把小团子带回国内，那岂不是增加了她成长的困难和危险程度？如果留在莫斯科，孩子可能得到的父母的疼爱要少，但最起码，无生命之忧。而带回国内，未必就能得到多少父母的疼爱，其生命受到的伤害和威胁，要多出很多很多。

丈夫担任全总秘书长之后，工作更忙，更繁重。团子带回来，做爸爸的也只能抽时间陪一下，不可能有太多时间陪在她的身边。

作为母亲，爱自己的孩子，是天性使然。希望和自己的孩子在一起，也是一个母亲心里的起码要求。然而，这时的钱瑛，做出了一个让一般母亲无法理解、无法接受的决定，将女儿团子留在莫斯科，自己一个人回国。

此时的钱瑛，用“肝肠寸断”来形容，一点也不为过。她每离团子远一步，自己的心就被拉扯得紧绷一点，疼痛随之增加。她要狠下心肠，离团子而去，那究竟需要多少毅力？一个母亲的心肠，要变为怎样的铜墙铁壁，视孩子的哭喊于不顾，视孩子的呼唤于不顾，视孩子的哀求于不顾，毅然决然，跨出了离开的脚步。那每一步，都伴随着孩子无助的哀嚎，都伴随着母亲泣血的泪流。

就这样，钱瑛将小团子留在莫斯科东方大学保育院，独自回来了，回到了丈夫的身边。

做梦都盼望着能见到自己的女儿，心里盼望着早点儿亲手抱一抱自己的小心肝，自己和妻子爱的结晶，小团子！谭寿林失望了。妻子并没有能满足他的这一愿望和期盼。

当妻子站在自己面前的时候，谭寿林在脑海浮现了多少次，思想了多少回，与妻子和女儿一家团圆的画面，并没有出现。他实在无法理解，阿瑛怎么就把年幼的女儿留在了莫斯科。而且，这件事情，阿瑛一点也没有和自己商量。她体内潜藏着的倔强的性格，在这件事情上显示了出来。

当他一提及“团子”的时候，钱瑛早已泣不成声，伏在丈夫肩头嚎啕大哭。这内心的委屈与无奈，深藏心底太久了，无法诉说。丈夫的责备，让做妻子、做母亲的钱瑛，打开了心头的情感之闸，无法控制，如洪水决堤，泛滥成灾了。

谭寿林终于知道了妻子做出这样的决定，有多难，多难。

而让谭寿林无法知道的，是二十年之后，钱瑛才知道，自己的“团子”早就夭折了。让一个母亲满怀希望地等了二十年，盼了二十年，之后才让她知道，女儿早夭折了。这真的是比要了一个母亲的命还要残酷!

再无法理解，也要理解。这时的谭寿林，才醒悟，做出这样的决定，对于一个母亲而言，无疑是将自己身上的一块肉割了下来。这实在是让一个母亲没有办法的事情。身为丈夫，唯有给妻子以安慰。

为了让妻子早日从对孩子的愧疚和忧伤中解脱出来，从莫斯科东方大学回来不久的钱瑛，组织上要将她派往湘鄂西革命根据地工作时，谭寿林没有作任何阻拦。正如钱瑛后来回忆的，“1931年，我回沪月余后，又只身离沪到别处工作，此时的寿林同志，预感到这次离别会成永诀，内心非常难受。但，他仍同意了我的远离。”从此之后，钱瑛和谭寿林天各一方；从此之后，丈夫和妻子隔空相望；从此之后，一对情深意重的革命伴侣，阴阳隔绝，天人永别。钱瑛，再也没能见到自己的丈夫。寿林，就这样永远辞别了自己的妻子。

钱瑛在回忆中所讲的“到别处工作”，便是到湖北洪湖地区。由于这一地区急需干部，组织上便决定派她和丈夫一起前往这一地区工作。正如读者诸君已经知道的，谭寿林留在上海善后和恢复工会组织，不久就被捕，而未能完成洪湖之行。

来到洪湖地区的钱瑛，已经是一个成熟的革命者。她有了从莫斯科东方大学刻苦学习得来的理论和实践，她经受住了在莫斯科王明左倾机会主义路线的排挤和打击，浑身积蓄着一股热切为党工作的热情和豪情。当然，她愿意将全部的身心投入到新的工作之中，也好让自己从离开女儿的忧伤中摆脱出来。

1931年7月，钱瑛便在湘鄂西革命根据地担任了湘鄂西省总工会秘书长，在领导工运的同时，她还参与军事工作。此后不久，还担任潜江县委书记。

1935年5月，当红二方面军向襄河北岸进发时，川军范绍增部的一个旅占领了老龙口，企图向新沟嘴、周老口、瞿家湾等洪湖中心地区侵犯。然而，当其时，我军仅一警卫团留守，敌我双方的力量明显是敌众我寡，敌强我弱。

钱瑛可谓是临危受命，率领一支游击队，绕道范绍增旅之后方，给敌人来了一个突然袭击，打得敌人措手不及，晕头转向，丈二和尚摸不着头脑，阵脚大乱。在这种情况下，敌军不明我军之虚实，故不敢贸然再犯，放弃了行动。钱瑛带领游击队的突袭，拖住了敌人进犯的脚步，为红二方面军紧急驰援赢得了宝贵时间，最终击败了敌人。

钱瑛在洪湖地区工作的经历，后来被搬上了舞台，搬上了银幕。1958年，时任中华人民共和国第一任监察部部长的钱瑛，看到以自己的事迹改编的歌剧《洪湖赤卫队》，曾无限感慨地写下了这样一首诗：

回首滨湖三十秋，
几番风雨几多愁。
狂飙蒋匪同为敌，
鱼米家园两不留。
杀敌抗洪双苦战，
红军义士血争流。
英雄智勇贯今古，
一曲名扬震五洲。

1931年4月22日清晨，一阵急促的敲门声，惊醒了工作了一夜刚刚入睡的谭寿林。一队警察和巡捕房的巡捕，“噔噔噔——”迅速占领了整个小楼。万幸的是，小刘和阿秀经谭寿林同意，刚结婚回老家拜望父母去了。楼上，这一刻仅有谭寿林一人。

多年从事党的地下工作，让谭寿林养成了严谨细致的工作态度和做事风格。敌人进了楼房之后，刚开始一无所获。这时，一个穿“黑狗皮”，头戴大盖帽，嘴角长着一颗大痞子的警察，俨然是这次行动的负责人，上前责问谭寿林道，“你将你们党的重要资料藏在了哪里？劝你痛痛快快地交出来，省得兄弟我费事费神。如若配合我们，兄弟我定会在上峰面前，替你说说好话，一来免受皮肉之苦；二来也有个好的去处。怎么样？这，你可要想清楚啰！”

“这位警官，我只是个做生意的商人。什么党不党的，与我无关。更谈不上有什么党的重要资料！”谭寿林十分镇定地回答。

“大痦子”眯着眼睛，围绕着谭寿林转着圈圈，正转转，反转转，似乎想从谭寿林身上发现什么破绽，又似乎想把谭寿林从外到里看个透。之后，只见“大痦子”舞动着手里的警棍，对谭寿林道：“看来，你是不见棺材不落泪。你要知道，兄弟我这一大清早，这可是无事不登三宝殿！没有可靠情报，怎么会敲你谭先生的门呢？”

“大痦子”得意地笑了起来。

“这位警官，在下看来，你们搞错对象了。我不姓谭，姓覃，实话跟你说，行不改名，坐不改姓，我叫覃树立，是个地地道道的商人。我再说一遍，我不姓谭，也不认识什么姓谭的。”谭寿林并不理会“大痦子”的奸笑，依旧沉着应对。

“看来你今天是敬酒不吃，吃罚酒啰！兄弟我要是从这楼里，搜出个一纸半页的‘命根子’似的东西来，那可就别怪兄弟我不客气，不留情面了！”“大痦子”逼近一步，对谭寿林威胁道。

“悉听尊便！”谭寿林言辞间，没有一点退让。

“他妈的，给老子搜——仔仔细细地搜，一处也不能放过！老子就不信了，你们全总秘书处的黄某，会耍弄我们司令？”“大痦子”恼羞成怒，骂骂咧咧地，动起手来。

“不好！黄大霖叛变？”当“大痦子”突然间冒出“全总秘书处的黄某”一句的时候，谭寿林心里头“咯噔”一下，这一次“在劫难逃”了。

正是由于在全总秘书处从事技术工作的黄大霖（化名华文卿）叛变，国民党上海公安总局会同老闸捕房，逮捕了一批我们的同志。谭寿林就在其中。

国民党上海公安总局侦缉队内，审讯正在进行着。

“什么‘覃树立’，你分明就是共党赤色工会的秘书长谭寿林！”留着时尚小胡子的侦缉队长亲自出马，审讯谭寿林。

只见谭寿林戴着手铐、脚镣，绑在一根木架子上。木架子的上方，还悬着一根粗吊绳。看来这，也是为拷问谭寿林而预备的。

从老闸捕房拘留所出来，谭寿林就已经受了巡捕房打手的凶残鞭打。上身的白衬衫，早已血迹斑斑，鞭痕累累，胸口、脊背、手腕，多处衣衫破裂，破裂处，为殷红的血所浸染。

“你一个小小的侦缉队长，口气倒不小，张口就封了覃某一个秘书长，这可是让覃某承受不起。我一个商人，哪里当得了如此‘高官’？队长太抬举覃某了吧！”谭寿林语含讥讽地嘲弄了一下装模作样的“小胡子”。

“你休想抵赖！”“小胡子”队长一只手指头指着谭寿林，随即从审讯桌子抽屉里，拿出一个红布包，冷笑道：“这，想必你是熟悉的吧？你应该就是它的主人吧！”

只见“小胡子”不急不忙地打开红布包，从中拿出两份材料：一份“全国总工会组织系统表”，一份“全国总工会组织系统表”的说明书。

“这种东西，我一个商人要它何用？队长先生还是自己留着，好向上峰邀功领赏。”谭寿林同样用冷冷的目光看了“小胡子”一眼。

“这可是从你的楼里搜查出来的，再想抵赖，就不厚道了吧？谭先生，谭大秘书长，你们共产党人不是一直标榜，讲真话的么？”“小胡子”队长流露出满脸的鄙夷神情。

“在商言商。队长先生所谈及的，覃某并不感兴趣。所谓道不同不相为谋，哪里谈得到‘厚’还是‘薄’呢？”谭寿林语调冷冷地刺了“小胡子”一下。

“小胡子”队长拿出一份“全国总工会组织系统表”，一份“说明书”，着实是极其重要的情报。但，这情报，得不到很好的“破译”，作用就大大降低，对工会组织系统的威胁就小得多。因为面临全国工会组织遭受严重破坏的情况，谭寿林主动要求留在上海，就是设法进行弥补和善后，同时进行秘密恢复。而这“弥补”“善后”的第一步，谭寿林便是从“情报资料”开始的。他对一些重要资料，全部进行了“加密处理”。即使敌人得到情报，按图索骥，往往要花费一番周折，进入谭寿林设定的“话语系统”才能得到有价值的信息，否则便是盲人摸象。

眼下，如此重要的两份情报落入敌手，谭寿林心痛无比，但决不能在敌人面前流露出来，否则自己真的就“在劫难逃”了。当然，让他稍稍放心一些的是，这两份重要资料均由自己作了“加密处理”，敌人一时也还不能用它发挥作用。

“这红布，难道不就是你们共党赤色的象征么？谭先生，如果你真的心中没有鬼，你就向菩萨发誓，你没有说假话。如果说了假话，天打雷劈！你是知道的，我们中国人，很讲究因果报应的，你如果向菩萨也说假话，那真的会遭到报应。”

“小胡子”队长见拿出来的“制胜法宝”没起作用，脑袋瓜灵机一动，将“菩萨”捧了出来。这既让谭寿林感到意外，也让谭寿林感觉好笑。这“小胡子”真可谓黔驴技穷了。

“覃某倒是没有想到，眼前坐着的竟然是一位佛教徒！有意思，实在是有意思得很呢。既然队长先生有此一问，那么覃某当然回答！我在菩萨面前从来不讲假话，今天跟队长先生所言，亦句句属实。”谭寿林淡淡一笑，顺着“小胡子”队长的话题，接了过来。

“现在看起来，谭先生，你只能吃点苦头啰！菩萨恐怕也救不了你！”失去耐心的侦缉队长，抹了抹自己的小胡子，从审讯桌走了下来，朝门外吼叫一声：“来人！”

只见两个彪形大汉跨进门来，每人手里都握有长长的皮鞭。两个打手，进来之后，并不言语一声，金刚一般立在“小胡子”身后，静候指令。

“愣着干什么，还不赶快将共匪吊起来，给我狠狠地打！”“小胡子”发出这道指令之后，抬腿而去，“嘭”的一声，将审讯室的门重重关上。

转眼谭寿林被捕已经一周了。

小胡子侦缉队长，对审讯这样硬骨头的共产党人，已经失去耐心，也失去信心。心狠手辣的“小胡子”，这刻儿从内心感到，谭寿林这样的共产党人，审是审不出来什么有价值的情报来的。前番，将谭寿林反手吊在半空中，那个滋味哪里是人能承受的？一副血肉之躯的谭寿林，硬是宁断不弯，结果“反上吊”直至痛得昏死过去一个多小时，醒来仍然没有哀求一声，更没有就此举手投降。

既然“吊”制不服你，那就请你“坐”吧！“小胡子”为谭寿林准备好了“老虎凳”。

“我审过的共党分子也不少，遇到像你这么顽固不化的，还真是头一回。老子还真的不信，我们的刑具斗不过你这一身臭皮囊！”“小胡子”阴险地冷笑着，“来人，上老虎凳！准备好辣椒水伺候！”

只见前番手执皮鞭对谭寿林残暴抽打的两个打手，遵照“小胡子”队长的命令，将谭寿林绑坐在了老虎凳上。

这老虎凳，若是仅看外表，倒也看不出有什么严酷之处。整体上和普通的木凳颇类似，只是凳面较普通木凳要稍宽一些，一端与几根十字码的木柱固定在一起。不过，这“凳”前面加了“老虎”一词来界定，足以说明此刑具之严酷，之残忍。

此时，谭寿林的上半身已经被绑在竖立的木柱上，双臂则被绑在横伸向两侧的长木柱上，看得出来绳索捆扎得非常严实，没有一点儿可以动作、伸缩的可能。

谭寿林的双腿，看似舒服地平放在老虎凳的凳面上，也有绳索捆绑，但似乎较之双臂要松弛许多。这里面，就有个老虎凳刑具施刑的技巧。老到的施刑者，一定不会将受刑者双腿捆绑过紧，或过松。过紧，施刑过程中很可能导致受刑者双腿瞬间断裂，因而无法施刑；过松，施刑时力的传递不到位，达不到施刑的效果。显然，松紧适度，是施刑者必须掌握的要点，而不是一般人想象当中的越紧越好。

就在这时，猛听得“小胡子”队长大叫一声：“垫砖头！”

两个打手，一个将谭寿林的双腿抬起，一个将砖块塞到谭寿林脚跟的下面。这个动作，看似幅度不大，仅一块砖头而已。可别小看了这块小小的砖头，人们常说，四两拨千斤。这块小小的砖头，在整个刑具里面，就起到了这种作用。

因为被加在受刑者的脚跟底部，而此时，受刑者上半身与下半身已经折成九十度直角，上半身被捆绑成了类似十字架的模样，可以说是一动也不能动。这样一来，受刑者的脚跟下每加一块砖，双腿的筋骨都会被强行拉紧伸展开来，双腿随之便会产生一种疼痛感，有如活生生被撕裂一般，生疼，生疼。

这时候的谭寿林浑身早已湿透，额头上黄豆大的汗珠子，还在不停滚落下来。但见他双目紧闭，紧咬双唇，嘴角流淌着鲜血。“小胡子”见状，感叹得直摇头。他知道，这个共党分子疼得宁可咬破嘴唇，也决不求饶，更没有屈膝。

一块砖，又一块砖。眼看谭寿林脚跟底下已经有了三块砖头。

这时的谭寿林，坐在老虎凳上的每一分，每一秒，都异常艰难。就是这样，敌人也不能从他那里得到一丁点有关全总党组织和党的同志的有用情报。这让“小胡子”队长更加恼羞成怒，狂叫要再给谭寿林“加砖”。

两个打手，有点儿不知所措地望着“小胡子”，担心地提醒道：“队长，快到极限了，再加砖，弄不好要断腿，就会前功尽弃的。”

“小胡子”自然知道，这老虎凳对男性受刑者而言，加砖的极限就是四块砖，加上去，极有可能会发生肢体断裂，从而导致受刑者在此受刑终止。这对于从事审讯的敌特机关来说，将是一起责任事故。具体到“小胡子”来说，他也是要承担责任的。

与谭寿林打交道以来，软硬都不“吃”的谭寿林，确实让“小胡子”非常头疼，非常恼怒，非常没有面子，再不撬开他的口，“小胡子”这个侦缉队长还真是下不来台了。

于是，不顾两个打手的提醒，“小胡子”近乎狂吼道，“他妈的，给老子加！”

只听得谭寿林双腿“咯吱吱”在响，他的面部在剧烈抽搐着。突然，谭寿林破口大骂道，“你这个人面兽心的伪君子，你这个国民党的走狗，来吧，有什么毒辣的手段，你统统都使出来吧，共产党人‘杀头当作风吹帽，坐监也要闯上天’！难道还怕你们的刑具不成？那岂不是天大的笑话！”

谭寿林对“小胡子”痛斥之后，满嘴的鲜血喷射而出，直喷得“小胡子”狼狈不堪。身为侦缉队长，“小胡子”何曾受过如此的蔑视，他气得暴跳如雷：“拿辣椒水来——”

随着“小胡子”的嚎叫，审讯室门外，又进来两个打手，抬着一大盆漂浮着辣椒碎片的辣椒水，进得门内。审讯室内顿时弥漫着一种特有的辣味，吸一口室内的空气，都刺鼻得很，嗓子直发痒。这“小胡子”，自己闻着这辣味都忍不住，不住气地咳嗽起来。

“小胡子”吩咐打手们摁住谭寿林肩和头，掰开谭寿林的嘴，自己边咳嗽，边舀起辛辣刺鼻的辣椒水，一碗一碗，强行灌进谭寿林的嘴里。

遭受如此狠毒折磨的谭寿林，这一刻，腹中像是被点着了一般，灼痛难忍。那辣椒水，有如燃烧的烈火，流淌到他身体的哪个部位，那种灼痛就蔓延到哪个部位。此时的谭寿林有如置身于炼狱之中，他在心中默念着入党时的誓言，祈盼着在烈火中获得永生！

“阿瑛，是你吗？是你来看我了么？你怎么这么糊涂呢，这是敌人的监牢啊，你来了还能走得出去吗？阿瑛，噢！我是在做梦呢，你知道我每天每天都在想你想我们的女儿团子吗？”

监房里，几天来连续受刑的谭寿林，此刻蜷在一角，似睡非睡，身子扭动着，嘴里自言自语地说着什么，并不是十分清楚。似乎是在呼唤自己的爱妻钱瑛。靠近他的身体，会感受到一股浓烈的酒气。

不错，谭寿林刚刚痛饮了一碗“壮行酒”。

几天前，难友们知道谭寿林即将被押解往国民党南京警备司令部，想着怎么也要为他弄碗酒来，为他壮行。于是，大家伙儿，七拼八凑，将身边有限的零钱汇聚起来，专门疏通关系，这才为谭寿林弄来了“壮行酒”。

难友们暗地里，还为谭寿林准备好了纸笔。他们知道，谭寿林这一别，便是阴阳阻隔，与亲人，与战友，再也不得相见。怎么会没有话想说呢？他又是北大高材生，文笔极好，肯定需要这纸和笔的。

借着一碗“壮行酒”，谭寿林对难友道：“拿纸笔来——”

时已深夜，狱卒们早已“煴猪头”去了（方言，睡觉之意）。谭寿林则睡意全无，心潮翻滚，他想到了去世已久的老祖母，想到了茹苦含辛一辈子的父母亲，想到了远在山乡的大家庭，当然，想得最多，让自己最揪心的，还是远在千里之外的洪湖地区的爱人钱瑛和至今尚未能见上一面，离自己更遥远的，年幼的女儿——团子。

谭寿林提起了手中的笔——

阿瑛，我亲爱的爱人：

你在洪湖地区工作开展得顺利么？在莫斯科东方大学的学习应该会对你在洪湖地区的实际工作大有帮助的。我想这是肯定的。当然，经历的困难和考验，也会成为你的一笔宝贵财富，让你在今后的工作中，更加成熟，更加坚强。

阿瑛，我亲爱的妻子！我不得不遗憾地告诉你，我这次的被捕因叛徒出卖，再难以生还矣。你的大寿哥再也不能为你的工作释疑解惑了，再也不能让你停靠在我的肩头了，再也不能听你喃喃细语了，再也不能和你相拥而眠了，再也不能和你漫步在梧桐树阴之下，再也不能和你一起隔空眺望，再也不能和你长相厮守了。阿瑛，你的大寿哥就要和你永别了！

为革命，即使献出自己的生命，我们没有什么可后悔的。我后悔的是，我们虽然结婚有三年时间，但真正在一起生活，也就是百日而已。实在是太短太短了，我还没有尽到一个丈夫的责任，我还没有来得及好好地爱你呀，我亲爱的的阿瑛！早知道你我永别的一天来得这样快，我肯定会抽时间、挤时间，尽可能多的和你在一起，尽一切可能向组织上请求，让我们工作在一起。可是，这一切都是空中楼阁，都只能是空想，再也不可能实现了。

阿瑛，对不起！我曾经那样地责备你把小团子留在莫斯科，只想着自己是团子的父亲，怎么能不让我见她一面呢？其实，如果条件许可，你又何尝舍得把女儿留在莫斯科呢？你是她的母亲，她是你身上掉下的肉啊！现在看来，你当初的考虑是对的。国内的斗争环境太凶险、太残酷了。真是天有不测风云，你我分别才几天，你哪里会想到我会发生这样的变故？我痛恨那些无耻的叛徒！我牺牲生命有何惧哉？这些坏分子祸害党的革命事业，祸害我们的革命同志，这是多么令人痛心，多么令人愤慨！希望你擦亮双眼，千万不能让那些革命投机分子、软弱涣散分子有机可乘，要保持高度的警惕！

阿瑛，我的好阿瑛！现在看来，我是没有机会看到我们的小团子，我们亲爱的女儿了，在她成长的路上，只有你多辛苦，多操心，既当妈，又当爸，培养教导她长大成人，成为一个正直善良的好人！说实在的，到现在我还是舍不得，舍不得她孤零零的一个人，留在莫斯科。阿瑛啊——孩子肯定想爸爸想妈妈的呀，你，现在也只有你了，想想办法吧，托人捎上几句话，让你和女儿能互通音讯也是好的呀！如果有可能，照几张相片，让我们的女儿知道，爸爸妈妈长的什么样子，对孩子的心灵也是一种安慰，你说呢，我的爱人！

啊，我至今没有见过一面的女儿，我最亲最亲的小团子！你可知道，爸爸是多么多么想你，念你，爱你么？那是一个父亲发自内心的，无私的，博大的爱，这种爱，会伴随你的一生，并不会因为我生命的终结而终止，这种爱其实已经渗透进了你的血液里了。这就是血浓于水啊，我的女儿，爸爸的好女儿！

团子，我亲爱的的小团子，爸爸的心肝宝贝！你要知道，爸爸的爱一点儿不比其他父亲少，甚至更多更多。爸爸曾经想着，你和母亲一起回来之后，会和爸爸妈妈幸福地生活在一起，那时，爸爸会教你说话，教你认字，教你走路，教你好多好多。爸爸希望你在爸爸妈妈的呵护下，快快长大，你会上学，读书，你会懂得许多知识，当然还有许多革命的道理。爸爸希望你长大成人之后，能明白，爸爸妈妈从事的革命事业，是为了劳苦大众的，是为了全中国劳动人民的，你能继承爸爸妈妈的革命事业吗？那将是爸爸最最开心，最最自豪的了！革命自有后来人，爸爸当然希望，我的女儿能成为这样的"后来人"！

团子，我亲爱的的女儿！爸爸甚至想象着你长大的样子，也许你会笑话爸爸吧？你现在还这么年幼，究竟长得什么样子并不知道，哪里就想得那么远，想到若干年后的模样了呢？其实，爸爸是见过你的，爸爸很多很多次在梦里就已经和我的小团子见面了，爸爸把你抱在怀里，抚摸着你的小手，抚摸着你的小脸蛋，看着你的双眼，心里的一盆蜜完完全全地化开了，那个幸福，那个甜蜜，真的不能用话言来描述，爸爸只感到，自己是这个世界上最幸福最幸福的父亲！

团子，我怎么亲也亲不够的女儿！现在爸爸告诉你一个小秘密，爸爸总是会想象着，你一定很像很像你妈妈，有白皙的皮肤，有白果形的脸庞，有水汪汪的大眼睛，有秀气的鼻子、小巧的嘴巴，还有……总之，在爸爸的心里，你就是一个小阿瑛！爸爸再告诉你一个小秘密，爸爸曾经想象着你穿上婚纱的样子，那一定是天使一般美丽！团子，我亲爱的的女儿！你不知道，爸爸为什么这么着急想让你穿上婚纱吗？因为，爸爸和你妈妈结婚时，都没能让她穿上婚纱，你知道吗，这可是一个姑娘一辈子所期盼的呀！爸爸没有让你妈妈梦想成真，心里头遗憾，愧疚，可是我们所处的年代，有太多太多的无奈，这也是我和你母亲要投身革命，改变这个世界的原因了。爸爸希望你能穿上雪白的婚纱，当上白雪天使，成为这个世界上，最美丽的新娘！孩子，相信爸爸，这一天一定会到来的！虽然，到那时爸爸已经不在你身边，不能亲手为你穿上雪白的婚纱，但爸爸会在天上看着你成为美丽的白雪天使，成为这个世界上最美丽的新娘！这一切，你的母亲，她一定会替爸爸去完成的，我的团子，我心头最割舍不开的宝贝！爸爸会护佑你快快长大！

哦，阿瑛，我亲爱的妻子，我亲爱的战友！我走向刑场的那一天不远了，我可以骄傲地告诉你，你的大寿哥，没有给你丢脸，没有给我们的党抹黑！敌人再凶残，只能摧残我的肉体，再严酷的刑法也摧毁不了我的意志和精神，摧垮不了我向往革命向往光明的信念！

亲爱的阿瑛，永别了！请不要为我难过，我们走的是一条充满荆棘，但必将是光明而美好的康庄大道！有千千万万个革命志士，为了铺就这条康庄大道，牺牲了宝贵的生命。我为自己能成为千千万万当中的一分子而感到无上光荣和自豪！请相信，革命必将胜利！当胜利的那一天到来的时候，请带着我们的女儿团子，到我的墓上来，把这一喜讯也告诉我，让我也见一见我日思夜想的你和孩子！

永别了，阿瑛！

爱你和你爱的大寿哥　绝笔

1931年5月×日

据和谭寿林一起被捕的章夷白后来回忆，谭寿林在上海公安总局受审时，上海公安总局曾致电南京国民党中央党部，请示处置办法。在没有得到南京国民党中央党部复示以前，上海公安总局于5月16日下午，将谭寿林押解到上海龙华警备司令部。稍后，又押解回上海公安总局。终于在1931年5月23日，南京国民党中央党部命令上海公安总局，将谭寿林作为“要犯”押解到了国民党南京宪兵司令部。

谭寿林知道，此番押解到南京，再也不可能“生还”，唯有慷慨赴死。所以，在最后时刻，敌人问他，有没有什么话或什么信件要交给自己的家人？ 都被谭寿林断然回绝了，“没有！”

其实，他的这封“绝笔信”，早已被难友们安全珍藏了起来。

早就做好为革命事业而捐躯的准备的谭寿林，在敌人面前，这时再也不用去隐瞒自己的共产党人身份了。他利用自己生命中最后宝贵的时光，在狱中向难友们宣传革命真理，宣传党所领导的革命事业的光明前景，激励大家，不管遇到什么样的困难，不管敌人怎么样威逼利诱，都要坚定信念，坚信未来。他的激励和鼓舞，让难友们坚信，党领导的事业，是正义事业！ 正义的事业，一定能战胜邪恶，一定有光明的前景！ 中国革命胜利的一天必将来到！

这里有个细节，值得交代一下。

当敌人第二次提审谭寿林时，虽然他受老虎凳酷刑的折磨，浑身都难以动弹，但当他遇见自己的另一个战友章夷白时，还是用脚艰难地在地上画了个“不”字。据章夷白同志后来回忆时说，虽然是一个简单的“不”字，里面却包含着极深刻的内容：这就是希望我转告给同志们，在敌人面前，不要恐惧，不要承认不利于党的口供，要至死不渝地坚持党的立场。

这一天，还是来了！

1931 年 5 月 30 日，一个年轻的生命，停止在了这一天；一个革命者的脚步，停止在了这一天。他就是谭寿林！ 一个从广西谭家岭走出来的共产党广西早期的革命领导人，一个从北大追随李大钊先生马克思主义信仰，最终走上革命道路的坚定革命者。

这一天，谭寿林高呼着“中国共产党万岁！”“中国人民革命斗争胜利万岁！”“打倒国民党反动派！”的口号，昂首挺胸，慷慨赴死，在南京雨花台英勇就义。时年仅三十五岁。

尾声

当时间之轮碾压在1962年，这样一个特殊的年份时，因为丈夫谭寿林中篇小说《俘虏的生还》将在中国青年出版社出版，应该出版社编辑王维玲之约，钱瑛提笔写下了一首七言诗，《再读〈俘虏的生还〉》——

“生还”何处寄萍踪，
骤雨狂风肆逞凶。
几度铁窗坚壮志，
千番苦战表精忠。
丹心贯日情如海，
碧血“雨花”气若虹。
三十一年生死别，
遗篇再读忆初逢。

其时，谭寿林烈士牺牲已经三十一年了。

这三十多年来，钱瑛转战南北，经风历雨，可谓是征途漫漫，曲折艰辛，然而，她始终将丈夫的这部《俘虏的生还》带在身边，一直保存着。有了它，她感到丈夫没有离开，有时翻开书，仔细端详，大寿哥便从书中走到自己的跟前，依旧是那般俊朗，依旧充满着革命者的激情。大寿哥，你可知道，这几十年，阿瑛想你想得好苦好苦啊！

这本书，同样给钱瑛以战胜困难、经受考验之力量。在江苏省委担任妇委工作时，钱瑛曾不幸被捕，大寿哥狱中斗争的故事激励着她，在狱中坚持绝食斗争，后来在周恩来同志的关心下，才结束了长达四年的监狱生活。"延安整风"时期，钱瑛被康生列为审查对象，她襟怀坦白，不畏强权，一边接受审查，一边为在白区工作过的受冤屈的同志申辩、证明，保护了不少同志。"文革"时，钱瑛遭受迫害，再度被列为审查对象，隔离审查，患肺癌之后也只能"监护治疗"，不准探视，直至含冤去世，都保持着一个共产党人纯粹的人格、高尚的品格。

作为重新出版谭寿林烈士遗著的倡导者，时任国家副主席的董必武同志，在读到了钱瑛同志的《再读〈俘虏的生还〉》之后，立即步其诗作之韵，和诗一首：

热情如火吼如雷，
俘虏生还气不隤。
恨病折磨难杀敌，
回家探亲亦招灾。
穗城喋血乌云堕，
沪渎逢春旧雨来。
两卷遗著容我读，
怅然怀念惜英才。

董老的诗作，以一个老一辈无产阶级革命家的视角，对谭寿林烈士光辉的一生，进行了精彩描述，字里行间无不流露出对谭寿林烈士战斗精神的褒扬，以及对牺牲烈士的深切怀念之情。

然而，令人不胜唏嘘的是，谭寿林烈士的这部遗著，并没有按董老所设想的，为纪念谭寿林烈士牺牲三十周年，由中国青年出版社出版。

据当时负责谭寿林遗著编辑出版工作的王维玲同志回忆，“这本书出版之时，正赶上‘利用小说进行反党活动是一大发明’的指示下达，在这场风暴之中，这本油墨未干，刚刚装订成册的烈士遗著，还没来得及问世，便被统统送进了造纸厂回炉了。”

重出烈士遗著，成了董老此生未能完成的一个心愿。谭寿林烈士的爱人钱瑛和老一辈革命家董必武同志，之后分别于 1973 年 7 月和 1975 年 4 月去世，他们直到生命的最后一刻，都没有能亲眼看到谭寿林烈士的遗著《俘虏的生还》重新出版发行。

一直等到 1993 年，也就是钱瑛同志的诗作写出又过了三十一年，这前后经历了两个三十一年，谭寿林烈士牺牲六十二年之后，他的遗著《俘虏的生还》，才由烈士的家乡，广西人民出版社以《谭寿林文集》的形式，将其收入文集之中重新出版。

这个中滋味，还真的五味杂陈。

所幸的是，虽然是经过了“两个三十一年”的曲折，但烈士遗著最终还是得以重新面世了。如果谭寿林烈士夫妇和董老九泉有知，还是应该为此而高兴吧?

还有一位冯乃超同志，他在主编《创造月刊》时就曾想让《俘虏的生还》(上部)在此刊发表，后因停刊而未能实现这一愿望。但冯乃超对烈士的创作给予了热切关心和悉心指点，并且一度激发了烈士的创作热情，使其创作完成了小说的“下部”。

在冯乃超的眼里，《俘虏的生还》的确是一部值得充分肯定的好作品。这不妨从冯乃超同志 1962 年初所写的《重读〈俘虏的生还〉记》中寻找佐证。他在这篇文章中写道:

阿曼的遭遇和当今青年的处境全不相同，但阿曼的革命精神仍能鼓舞年轻一代的人们。抚今追昔，通过新旧社会的强烈对比，可以深切感到我们今天的时代是多么光明，我们所处的社会是多么幸福。这是一部革命文学作品，对于今天的青年读者是一本好的读物。

如今，时间之轮已经碾压在2017年，距《俘虏的生还》收入《谭寿林文集》重新出版也已经二十四个年头了，距离谭寿林烈士牺牲更是有了八十六个年头。当我们拨开一段尘封的历史，走近那一段峥嵘岁月，走进一位革命先烈，我们并没有因为时间的久远，事迹的模糊，而感到烈士的精神力量、人格魅力有所削弱，相反，通过我们一点点的走访，探寻，挖掘，整理，搜索，发现，谭寿林烈士得以立体呈现在读者诸君面前——

他是年少聪颖、刻苦好学的“谭督军”；他是追求真理、向往光明的北大高材生；他是大刀阔斧、勇往直前的年轻地委书记；他是坚持狱中斗争、始终向往革命的“生还”者；他是热情似火、情感丰富的好丈夫；他是可歌可泣、勇于牺牲的民族英雄！

行文至此，有一则消息值得发布：据广西贵港市港南区委组织部的小何介绍，作为谭寿林烈士故居现在的所属地，新的谭寿林烈士故居建设工程，已经启动。

期待着再次踏上烈士成长的土地时，能亲往他的故居，瞻仰缅怀！ 相信烈士的精神定能似碧空长虹，昭示后人，光耀华夏。

主要参考资料

1.《谭寿林文集》，中共广西区委党史研究室、中共广西贵港市委党史办公室、南京雨花台烈士纪念馆编，广西人民出版社，1993 年 5 月；

2.《周济　李省群纪念文集》，中共梧州市委员会党史研究室编著，广西人民出版社，2015 年 9 月；

3.《梧州　广西第一面党旗升起的地方》，中共梧州市委员会、中共广西区委党史研究室编著，广西人民出版社，2015 年 10 月；

4.《谭寿林烈士传略》(初稿)，雨花台烈士纪念馆复印资料，中共贵县县委党史办公室编印，1982 年 10 月；

5.《热情如火吼如雷——谭寿林烈士传略》，广西区梧州市博物馆李业安编写；

6.《中共梧州党史人物传》，中共梧州地委党史研究室编著，2003 年 6 月；

7.《鄂南骄女》，咸宁新闻网 2006 年 6 月 18 日，作者巴玖；

8.《中国共产党贵港历史》，中共贵港历史编纂委员会编著，广西人民出版社，2012 年 12 月；

9.《中共贵港历史人物传》，中共贵港市委党史办公室编，漓江出版社，2016 年 12 月；

10.《港南印象》，中共港南区委宣传部、贵港市作家协会、港南区作家协会编著，广西人民出版社，2016 年 6 月。